BOULE DE SUIF ET AUTRES NOUVELLES

Dossier thématique : le corps

Paru dans Le Livre de Poche :

BEL-AMI
« CETTE BRUME DE LA MER ME CARESSAIT COMME UN BONHEUR »
CHOSES ET AUTRES
CHRONIQUES *(La Pochothèque)*
CONTES CRUELS ET FANTASTIQUES *(La Pochothèque)*
CONTES NORMANDS *(La Pochothèque)*
CONTES PARISIENS *(La Pochothèque)*
CONTES DE LA BÉCASSE
CONTES DU JOUR ET DE LA NUIT
CONTES GRIVOIS
EN FAMILLE *et autres nouvelles*
LE HORLA
LE HORLA *et autres récits fantastiques*
MADEMOISELLE FIFI
LA MAISON TELLIER
MOUCHE
NOTRE CŒUR
LA PARURE
LA PETITE ROQUE
PIERRE ET JEAN
LES SŒURS RONDOLI
UN FILS *et autres contes*
UNE PARTIE DE CAMPAGNE
UNE VIE
YVETTE *et autres nouvelles*

GUY DE MAUPASSANT

BOULE DE SUIF

ET AUTRES NOUVELLES

DOSSIER THÉMATIQUE : LE CORPS

PRÉSENTATION, DOSSIER ET NOTES DE CLÉLIE MILLNER

LE LIVRE DE POCHE

Les Classiques
pédago

Collection dirigée par Clélie Millner

Clélie Millner, ancienne élève de l'ENS de Lyon, est agrégée de lettres modernes. Après avoir été professeur au collège, elle enseigne actuellement à l'Institut Catholique de Paris.

Couverture : © Bridgeman

© Librairie Générale Française, 2015, pour la présente édition.
ISBN : 978-2-253-18304-4

SOMMAIRE

Une œuvre, un contexte .. 9

I. Guy de Maupassant ... 10
II. Le contexte du récit .. 15
III. Entre deux courants : le naturalisme
 et le réalisme .. 19
IV. La nouvelle : un genre à part entière 23
V. *Boule de Suif*, toute une histoire 26

Boule de Suif ... 29

La Moustache .. 101

Le Lit 29 .. 113

Dossier thématique : le corps 137

Introduction .. 139

I. Le langage des corps .. 142
 1. Le corps des personnages 142
 • Exercices : compréhension (le nom des personnages)/
 commentaire ... 148
 • Groupement de textes (le corps féminin) 152
 2. Nourriture et gourmandise 157
 • Exercice : étude de scènes (les repas) 158
 • Prolongements : sciences de la vie et de la terre ... 159
 • Exercice : compréhension (la scène des « mystères
 du corridor ») ... 162

II. Le corps dans la guerre 163
 1. Hommes et femmes de l'arrière : le corps social ... 163
 • Prolongements : histoire 169

2. Le corps des soldats	170
3. *La Marseillaise*	174
4. Le corps des femmes et la guerre	180
• Exercice : dissertation	181

III. LE CORPS COMME OBJET D'ÉCHANGE 182

1. Le sacrifice de la prostituée patriote	182
• Exercice : étude de scènes (le dîner stratégique)	186
• Exercices : commentaire (la scène du festin)/ sujet d'invention	190
2. Sexualité et obscénité	191
• Exercices : commentaire/groupement de textes (la « confiscation » du corps des femmes)/chanson (« Sous les jupes des filles »)	193

IV. LE CORPS DE LA FEMME DE *BOULE DE SUIF* À AUJOURD'HUI ... 197

1. Deux synthèses, deux pistes de lecture	197
2. Le corps et sa représentation	203
• Prolongements : histoire des arts	206
3. Les canons féminins de *Boule de Suif* à nos jours	209
• Exercices : argumentation (l'évolution de la représentation de la femme)/vers les sciences de la vie et de la terre (féminité et nourriture)	213

Documentation ... 217

UNE ŒUVRE, UN CONTEXTE

I. GUY DE MAUPASSANT

Guy de Maupassant est né le 5 août 1850 (l'acte de naissance précise qu'il est né à Fécamp, mais sa mère a soutenu avoir accouché au château de Miromesnil), d'un père lorrain (certaines de ses nouvelles évoquent la ville de Nancy) et d'une mère normande, appartenant à la petite noblesse provinciale. Après la séparation de ses parents, il a grandi avec sa mère et son frère plus jeune, Hervé (qui mourra fou en 1889), dans cette Normandie où il situe l'action de *Boule de Suif* et de nombre de ses nouvelles et romans : son enfance a pour cadre la maison de Verguies, près d'Étretat.

Très jeune, il est encouragé à l'écriture, notamment par le poète Louis Bouilhet, puis par Gustave Flaubert qui était un ami de son oncle maternel. Celui-ci le prend sous son aile de façon paternelle et méthodique : il l'encourage à une observation aiguë du réel et lui donne même à faire des « exercices de style », corrigeant ses maladresses comme un professeur.

Il obtient son baccalauréat en 1869 et commence des études de droit à Paris. En 1870, il s'engage comme garde mobile dans la guerre franco-allemande et participe à la retraite de l'armée française devant l'avancée des soldats allemands et prussiens ; il évoquera les scènes de cette débâcle dans plusieurs de ses nouvelles.

Atteint très tôt de syphilis, Maupassant va mener une existence dans laquelle l'écriture tiendra une grande

place. Par l'intermédiaire de Flaubert, il rencontre les principaux écrivains contemporains, dont les romanciers naturalistes*[1] (les frères Goncourt, Huysmans, Zola). Il écrit plus de trois cents nouvelles et publie six romans, dont *Bel-Ami*, *Une vie* et *Pierre et Jean* sont restés les plus célèbres. Ses écrits sont tôt couronnés de succès, ce qui lui permet de côtoyer la haute société qu'il dépeindra avec humour et un peu d'amertume dans ses romans, particulièrement dans *Bel-Ami*.

Après avoir écrit nombre de récits inspirés du réalisme, il sera reconnu pour ses contes fantastiques, comme *Le Horla*, qui deviendront des modèles du genre. Cependant, on y décèlera un aspect autobiographique inquiétant, Maupassant sombrant en effet très tôt dans des accès de folie. Il meurt le 6 juillet 1893 à Paris, des suites de la syphilis, après des mois de paralysie et de délire.

1. Les mots suivis d'un astérisque sont définis dans les encadrés Repères ; ici, se reporter p. 19.

Une œuvre, un contexte

Portrait de Guy de Maupassant, Bibliothèque nationale de France (© Archives LGF).

Maupassant en quelques dates

1850 – *5 août.* Naissance de Maupassant à Fécamp (ou au château de Miromesnil), près de Dieppe.

1859 – Installation de la famille Maupassant à Paris.

1860 – Séparation à l'amiable des époux Maupassant. La mère de Maupassant retourne vivre en Normandie avec ses deux fils.

1869 – Guy de Maupassant est reçu bachelier ès lettres.

1870 – Il est appelé pour participer à la guerre franco-allemande et assiste à la débâcle à Rouen.

1872 – Il s'inscrit en deuxième année de droit à Paris et accepte de travailler gratuitement au ministère de la Marine et des Colonies, en attendant qu'un poste se libère, ce qui arrivera l'année suivante.

1873 – Il commence à écrire des contes, que Flaubert corrige.

1875 – Son premier conte, *La Main d'écorché* paraît dans *L'Almanach lorrain de Pont-à-Mousson*.

1880 – *Janvier.* Il est appelé à comparaître au tribunal d'Étampes pour « outrage aux bonnes mœurs » après la publication d'un de ses poèmes, « Une fille ». C'est Flaubert qui fera intervenir ses connaissances pour obtenir un non-lieu.

Avril. Parution du recueil *Les Soirées de Médan*, dans lequel se trouve *Boule de Suif*. La nouvelle fait grand bruit.

Mai. Mort de Flaubert qui affectera beaucoup Maupassant. Il s'occupe lui-même de la toilette mortuaire de son ami.

1881 – Il collabore à de nombreuses revues, dont *Le Gaulois*, *La Nouvelle Revue*, *La Revue politique et littéraire*.

1883 – Publication de son roman *Une vie*.

1885 – *Bel-Ami* paraît en feuilleton dans la revue *Gil Blas*.

1886 – Publication de son recueil de nouvelles *Toine*.

1889 – Mort de son frère Hervé, des suites de la syphilis.

1891 – Les effets de la syphilis se font de plus en plus douloureux sur Guy aussi. En partie paralysé, il essaie de se trancher la gorge au début de l'année suivante.

1893 – *6 juillet*. Après plusieurs périodes de convulsions épileptiques, Maupassant meurt de la syphilis à Passy.

II. LE CONTEXTE DU RÉCIT

1. Quelques repères historiques dans un XIXe siècle mouvementé

Il paraît toujours difficile de se repérer dans la situation politique du XIXe siècle français. Tentons un panorama rapide (qui n'a pas vocation à remplacer le livre d'histoire!) : à la suite de la Révolution française et de la Ire République s'installe en 1804 l'Empire de Napoléon. Après des défaites militaires, une première destitution et un coup d'État qui le replaça au pouvoir, Napoléon fut déchu et exilé à Sainte-Hélène et un nouveau régime remplaça l'Empire : la Restauration. Ce régime politique vit le retour de la monarchie des Bourbons, d'abord sous l'égide de Louis XVIII, puis sous celle de Charles X, les frères de Louis XVI. Charles X abdiqua au moment de la révolution de 1830 qui installa au pouvoir ce qui fut appelé « la monarchie de Juillet », c'est-à-dire le règne d'une autre branche de la famille des Bourbons. Louis-Philippe est sacré « roi des Français ». Aux barricades de 1830 succèdent celles de 1848 qui sont à l'origine de l'avènement de la IIe République, laquelle sera cependant assez vite confisquée par Louis Napoléon Bonaparte, le neveu de Napoléon. Élu président en 1848, il instaure le Second Empire dès 1852 et se fait appeler « Napoléon III ». La guerre franco-allemande

signe la fin de ce Second Empire et la chute de Napoléon III, resté au pouvoir pendant dix-huit ans.

> ## À LA LOUPE
>
> **La guerre franco-allemande de 1870**
>
> On appelle ainsi la guerre déclenchée en juillet 1870 entre la France et la Prusse, soutenue par ses alliés allemands (la confédération des États allemands du Sud, comme la Bavière). Bismarck, général prussien, a voulu recréer, par l'offensive guerrière contre la France, l'unité de l'ancien Empire allemand. Napoléon III a subi des défaites dès le début des affrontements, ce qui entraîna son départ du pouvoir en septembre et la proclamation de la République. Malgré quelques victoires éparses, l'armée française, mise en déroute, se rendra en janvier 1871. S'ensuivra un armistice aux conditions très dures pour la France, qui est notamment dépossédée de l'Alsace-Lorraine. Le récit de *Boule de Suif* prend place au moment de la débâcle de l'armée française, alors que l'armée allemande marche sur Rouen. Les personnages veulent fuir cette occupation de la Normandie.
>
> Maupassant ayant vécu la guerre, sans être un pacifiste convaincu, ne manque pas une occasion d'en dénoncer les horreurs. Il s'en prend aussi bien aux expéditions coloniales en Afrique du Nord et au Tonkin qu'à la guerre franco-allemande à laquelle il fut contraint de participer.

2. LE CONTEXTE SOCIO-CULTUREL

Le XIXe siècle est une période de bouleversements sociaux et économiques. Comme nous l'avons vu, le siècle est marqué par des révolutions successives qui retardent l'instauration d'une réelle République : en 1848, le suffrage universel (masculin, bien sûr !) est enfin instauré, mais la démocratie ne s'installe vraiment qu'après 1879, avec la liberté de la presse et le droit de se réunir. D'autre part, le XIXe est le siècle de l'industrialisation massive : des objets manufacturés (qui peuvent être fabriqués dans des lieux très dispersés et réclament un vrai savoir-faire), on passe à une production standardisée, mécanisée et davantage centralisée. Le travail est de plus en plus spécialisé. La « révolution industrielle » est en marche et modifie en profondeur le mode de vie de la plupart des travailleurs.

Ces bouleversements sociaux sont au cœur des récits du XIXe : Balzac dans *La Comédie humaine* s'intéresse tout particulièrement à l'essor d'un Paris transformé par les progrès industriels et aux nouveaux pouvoirs des bourgeois enrichis. Zola de même montre la fascination éprouvée par la population devant « la bête humaine », c'est-à-dire la locomotive, ou encore, dans *Au Bonheur des dames*, la frivolité des femmes, éblouies par les grands magasins. *Boule de Suif* se situe donc dans cette lignée

des œuvres réalistes qui proposent un reflet de leur époque. Ce n'est pas un hasard si Maupassant choisit, pour représenter la société rouennaise, de faire se rencontrer un aristocrate, symbole d'une permanence de l'Ancien Régime dans la vie politique du Second Empire, un riche industriel – M. Carré-Lamadon – qui s'est enrichi dans l'industrie du coton, spécialité de Rouen, et un négociant en vins, M. Loiseau. Boule de Suif, quant à elle, en acceptant dans son lit l'aristocrate comme le cocher, peut apparaître à ces trois hommes comme une image dégradée de la démocratie qui se met en place.

III. ENTRE DEUX COURANTS : LE NATURALISME ET LE RÉALISME

Maupassant partage avec les naturalistes* un même rejet du romantisme et de ses emphases* et l'ambition de donner à lire un monde dans sa réalité, qu'il observe avec pessimisme.

Le mouvement romantique subit en effet une vive critique à partir de 1848 : l'échec de la révolution républicaine de 1848, qui amène au pouvoir le futur empereur Napoléon III, pousse les écrivains à abandonner les aspirations romantiques pour adopter un style plus à même de représenter la réalité sociale.

Repères

Le **naturalisme** est théorisé par Émile Zola comme une méthode scientifique : le comportement des personnages sera, dans *Les Rougon-Macquart*, déductible de leur milieu social et de leur hérédité. Le roman devient un lieu d'expérimentation, comme un laboratoire. Flaubert, romancier réaliste, sera quant à lui opposé à cette idée impliquant un fort déterminisme de l'individu, qui ne pourrait pas seul décider de sa vie.

> **REPÈRES**
>
> L'**emphase** est un emploi jugé abusif du style élevé – qui est un style considéré comme théâtral, enflé ou grandiloquent. C'est ainsi que les naturalistes considéraient généralement l'écriture romantique dans certains de ses débordements lyriques, notamment face à la nature ou dans la description des sentiments humains.

Cependant, au moment des soirées de Médan, les principes de l'école naturaliste n'étaient pas encore exposés dans toute leur rigueur. C'est après, en 1881, que Zola publiera *Les Romanciers naturalistes*. Maupassant n'adhère pas à tous les principes de ce mouvement littéraire : il blâme par exemple le système des fiches de renseignements (Zola, pour écrire les *Rougon-Macquart*, se documente beaucoup, il lit, procède à des entretiens, fait quelques voyages et intègre ensuite les informations qu'il a glanées dans ses romans). Pour Maupassant, il faut baigner longuement, personnellement, dans une atmosphère si on veut la recréer. Flaubert lui a appris l'importance de la contemplation, d'une contemplation qui confine à la saturation : les deux écrivains vivent l'instant intensément, au point de se laisser saturer par ce qui les entoure. Maupassant s'intéresse donc

moins à l'intrigue en tant que telle qu'à la peinture des détails, mais avant tout de détails caractéristiques, frappants, qui puissent marquer l'imagination du lecteur et lui permettre une représentation immédiate des personnages, des ambiances. Il ne recherche pas l'exhaustivité naturaliste, mais la « vérité choisie et expressive ». Il écrit ainsi dans sa lettre au directeur du journal *Le Gaulois* datée du 17 avril 1880 : « Nous avons donc pour seul objectif : l'Être et la Vie, qu'il faut savoir comprendre et interpréter en artiste. S'il n'en donne pas l'expression à la fois exacte et artistiquement supérieure, c'est qu'on n'a pas assez de talent. »

Cet intérêt pour la « Vie » et ses détails se retrouve dans l'importance accordée au corps des personnages. Comme nous le verrons à propos de *Boule de Suif*, le corps devient le reflet des personnalités, il n'est plus, comme il a pu l'être par le passé, idéalisé ou bien abordé selon des critères schématiques (la silhouette et l'habillement, signes de l'appartenance à un certain milieu social), il devient objet à part entière de description. Non seulement les auteurs naturalistes paraissent considérer que le corps des personnages révèle leur personnalité dans ses moindres détails, mais ils éprouvent pour sa description une passion d'entomologiste : rien ne sera épargné au lecteur des caractéristiques *réelles* d'un corps. Son embonpoint, les pores de la peau, les signes de vieillissement ou de maladie, toutes les

imperfections qui étaient le plus souvent gommées dans la littérature du XVIIIe siècle – et qui le sont aujourd'hui encore sur les images photoshopées ! – contribuent au réalisme de l'intrigue, puisqu'elles aident à camper les personnages, à leur donner chair.

IV. LA NOUVELLE : UN GENRE À PART ENTIÈRE

La nouvelle est un genre qui trouve son origine au Moyen Âge, et qui est caractérisée par sa brièveté, synonyme de concentration, voire d'intensité. Ces courts récits étaient distribués de façon anonyme dans la rue, sous forme d'apologies religieuses ou de comptes rendus de faits divers. C'est Marguerite de Navarre, au XVIe siècle, qui lui donnera en France ses lettres de noblesse, avec son *Heptaméron*, recueil où alternent récits graves et érotiques.

Cependant, le siècle phare de la nouvelle sera le XIXe, notamment par l'œuvre de E.T.A. Hoffmann en Allemagne, mais aussi par celles de Théophile Gautier et de Guy de Maupassant en France, ces auteurs – comme la plupart des romanciers – s'essaient à la nouvelle qui leur laisse la liberté du registre : réaliste ou fantastique, le genre court accentue l'effet recherché.

La brièveté du récit, centré sur une intrigue unique – contrairement au roman qui peut les multiplier –, interdit donc les longs développements psychologiques, ce qui nourrira notre attention aux corps des personnages, car c'est avant tout à travers leurs comportements et réactions que ceux-ci sont caractérisés et qu'ils accèdent à des statuts de stéréotypes.

Selon Florence Goyet[1], la nouvelle se caractérise également par la tension centrale qui représente le

1. Florence Goyet, *La Nouvelle, 1870-1925*, P.U.F., 1993.

nœud de l'intrigue et qui trouve sa manifestation dans la coexistence des contraires, une mise en scène d'antithèses. Dans le cas de *Boule de Suif*, nous pouvons penser à la mise en présence de catégories de la société qui n'auraient jamais dû se croiser. Ce qu'il est coutume d'appeler « la chute* » se propose comme une résolution de cette tension centrale dans la nouvelle. La tension est présente dès le début de la nouvelle : bien que différents les uns des autres, les personnages aisés se liguent de façon tacite contre les marginaux, Cornudet, le républicain, et Boule de Suif, la fille de joie. L'intrigue se nouera autour de cette tension elle-même : la rencontre dans la diligence verra son éphémère résolution provoquée par la générosité de la jeune femme et l'appel du ventre des autres personnages. Et l'arrivée à l'auberge verra la belle unité vaciller aussitôt que Boule de Suif sera renvoyée de façon indirecte, par le désir de l'officier prussien, à son statut social. L'amitié alors ne sera plus que feinte afin de marginaliser encore davantage le personnage éponyme*. La nouvelle est structurée par les deux voyages en diligence qui se construisent en écho : au cours du premier, Boule de Suif est une force centripète, elle attire l'amabilité de tous grâce à son panier de victuailles ; dans le trajet final, elle est une force centrifuge, tous se détournent à son approche et dégustent leur repas sans faire attention à elle.

Une œuvre, un contexte

Repères

La **chute** désigne la fin résolutive et surprenante d'une nouvelle. Celle-ci invite le lecteur à une *rétro-lecture* : il va relire ce qui a précédé ou y repenser pour comprendre les pistes qui auraient pu mener à cette fin et qui lui ont sans doute échappé. Cependant, si elle est une des caractéristiques les plus fameuses du genre de la nouvelle, la chute n'est pas véritablement nécessaire. La fin de *Boule de Suif* n'est pas à proprement parler une chute, puisque les événements suivent le cours logique que souhaitent leur donner la majorité des personnages. La fin n'est pas une révélation.

Éponyme signifie « qui donne son nom à quelque chose » : Boule de Suif donne son nom à la nouvelle, c'est donc le personnage éponyme du récit.

V. *BOULE DE SUIF*, TOUTE UNE HISTOIRE

Le récit de *Boule de Suif* parut pour la première fois dans le recueil intitulé *Les Soirées de Médan* le 16 avril 1880. Médan est la ville dans laquelle Zola possédait une demeure et où il recevait ses amis écrivains, parmi lesquels Maupassant ou Huysmans. Le titre du recueil de nouvelles accrédite la légende selon laquelle chacun des textes publiés – qui avaient pour trait commun de donner une version particulière et fictive de la guerre franco-allemande – avait été au préalable lu à haute voix chez Zola. La lecture de celui de Maupassant donna lieu à une ovation et son maître Flaubert reconnaissait lui-même en cette nouvelle son « chef-d'œuvre ».

À LA LOUPE

Les Soirées de Médan

Ce titre a supplanté celui qui avait été retenu au départ : *L'Invasion comique*. Ce dernier a été finalement écarté, car il donnait une interprétation trop explicite de la perception de la guerre par les différents auteurs. Mais il est intéressant de replacer *Boule de Suif* dans le cadre de la satire de cette « invasion » étrangère, relatée comme un spectacle comique qui révèle de façon grinçante les travers de la société française de la fin du XIX^e siècle.

D'autre part, il est amusant de considérer les propos que Maupassant adresse au directeur du journal *Le*

Gaulois, qui fut le premier à publier les nouvelles des *Soirées de Médan*, dans une lettre du 17 avril 1880. L'écrivain revient sur les conditions de rédaction des textes et sur l'atmosphère qui régnait dans la petite société qui s'était constituée autour de Zola. Les termes qu'il utilise rappellent certains des thèmes principaux de *Boule de Suif* en une évocation comique : « Pendant de longues digestions de longs repas (car nous sommes tous gourmands et gourmets, et Zola mange à lui seul comme trois romanciers ordinaires), nous causions. Il nous racontait ses futurs romans, ses idées littéraires, ses opinions sur toutes choses. Quelquefois il prenait son fusil, qu'il manœuvre en myope, et tout en parlant il tirait sur des touffes d'herbe que nous lui affirmions être des oiseaux, s'étonnant considérablement quand il ne retrouvait aucun cadavre. » On retrouve ainsi le lien entre la gourmandise, l'une des principales caractéristiques du personnage principal de *Boule de Suif* et le tir au fusil, celui d'une guerre miniature qui serait celle de la chasse – Zola recherchant de manière comique des « cadavres » parmi les touffes d'herbe que ses amis lui désignent comme un gibier. La relation entre le repas et la mise à mort est ainsi tournée en ridicule, comme elle le sera dans la nouvelle de Maupassant, qui sera le texte phare de ce recueil des *Soirées de Médan*.

Boule de Suif a tout de suite rencontré un grand succès à la parution du recueil des *Soirées de Medan*. La nouvelle tire son originalité du déplacement inattendu qu'elle opère : il s'agit en effet d'un percutant récit de guerre… qui n'a pas la guerre pour objet. Les combats ne paraissent être qu'un décor, un contexte, voire un prétexte. Et pourtant, c'est bien de la guerre qu'il s'agit : d'une guerre sociale, qui ligue les tenants de l'ordre économique contre une prostituée patriote. Les valeurs héroïques et patriotiques sont du côté de la fille de joie, méprisée, vendue par les représentants mêmes de cette patrie qu'elle veut défendre. Il s'agit donc d'un portrait à charge de la France du XIXe siècle, de ses compromissions et de l'hypocrisie, de la lâcheté de ses classes dirigeantes.

BOULE DE SUIF

Pendant plusieurs jours de suite des lambeaux d'armée en déroute avaient traversé la ville[1]. Ce n'était point de la troupe, mais des hordes débandées. Les hommes avaient la barbe longue et sale, des uniformes en guenilles, et ils avançaient d'une allure molle, sans drapeau, sans régiment. Tous semblaient accablés, éreintés, incapables d'une pensée ou d'une résolution, marchant seulement par habitude, et tombant de fatigue sitôt qu'ils s'arrêtaient. On voyait surtout des mobilisés[2], gens pacifiques, rentiers tranquilles, pliant sous le poids du fusil ; des petits moblots[3] alertes, faciles à l'épouvante et

1. Il s'agit de la ville de Rouen. La guerre franco-allemande bat son plein depuis cinq mois en décembre 1870, date à laquelle l'action débute. Les Français ont subi de nombreuses défaites, ce qui a entraîné la chute de Napoléon III et la proclamation de la République à Paris début septembre. De nombreuses villes sont assiégées par les Prussiens et leurs alliés allemands, dont la capitale. En décembre, les Allemands marchent sur Rouen. Ils occuperont les villes françaises jusqu'au 22 juillet 1871.
2. Les mobilisés faisaient partie de la « garde nationale sédentaire », mais ils ne disposaient pas d'entraînements spécifiques.
3. Jeunes soldats qui n'ont pas fait le service militaire de cinq ans (le recrutement se fait tirage au sort) et qui, bien qu'ils soient soumis à des entraînements réguliers, n'étaient pas très bien formés à la guerre.

prompts à l'enthousiasme, prêts à l'attaque comme à la fuite ; puis, au milieu d'eux, quelques culottes rouges[1], débris d'une division moulue dans une grande bataille ; des artilleurs sombres alignés avec ces fantassins divers ; et, parfois, le casque brillant d'un dragon[2] au pied pesant qui suivait avec peine la marche plus légère des lignards[3].

Des légions de francs-tireurs[4] aux appellations héroïques : « Les Vengeurs de la Défaite – les Citoyens de la Tombe – les Partageurs de la Mort » – passaient à leur tour, avec des airs de bandits.

Leurs chefs, anciens commerçants en draps ou en graines, ex-marchands de suif[5] ou de savon, guerriers de circonstance, nommés officiers pour leurs écus ou la longueur de leurs moustaches, couverts d'armes, de flanelle et de galons, parlaient d'une voix retentissante, discutaient plans de campagne, et prétendaient soutenir seuls la France agonisante sur leurs épaules de fanfarons ; mais ils redoutaient parfois leurs propres

1. Les culottes rouges sont portées par les soldats français appartenant à l'infanterie et à la cavalerie, ce sont donc des militaires de formation.
2. Soldats à cheval. Dans la débandade, ils sont privés de leur monture et sont donc moins habitués que les autres à marcher.
3. Surnom des membres de l'infanterie, qui se rendent à la bataille rangés par « lignes ».
4. Engagés volontaires. Parmi eux se trouvaient des bandits, qui n'ont pas été considérés comme des soldats par les Prussiens.
5. Graisse animale qui, une fois fondue, sert à la fabrication de savons ou de bougies.

soldats, gens de sac et de corde[1], souvent braves à outrance, pillards et débauchés.

Les Prussiens allaient entrer dans Rouen, disait-on.

La garde nationale qui, depuis deux mois, faisait des reconnaissances très prudentes dans les bois voisins, fusillant parfois ses propres sentinelles, et se préparant au combat quand un petit lapin remuait sous des broussailles, était rentrée dans ses foyers. Ses armes, ses uniformes, tout son attirail meurtrier, dont elle épouvantait naguère les bornes des routes nationales à trois lieues à la ronde, avaient subitement disparu.

Les derniers soldats français venaient enfin de traverser la Seine pour gagner Pont-Audemer par Saint-Sever et Bourg-Achard ; et, marchant après tous, le général, désespéré, ne pouvant rien tenter avec ces loques disparates, éperdu lui-même dans la grande débâcle d'un peuple habitué à vaincre et désastreusement battu malgré sa bravoure légendaire, s'en allait à pied, entre deux officiers d'ordonnance[2].

Puis un calme profond, une attente épouvantée et silencieuse avaient plané sur la cité. Beaucoup de bourgeois bedonnants, émasculés par le commerce, attendaient anxieusement les vainqueurs, tremblant qu'on

1. L'expression désigne les malfrats, car, au Moyen Âge, leur châtiment était d'être noyés, enfermés dans un sac.
2. Les officiers qui sont attachés directement au service du général.

ne considérât comme une arme leurs broches à rôtir ou leurs grands couteaux de cuisine.

La vie semblait arrêtée, les boutiques étaient closes, la rue muette. Quelquefois un habitant, intimidé par ce silence, filait rapidement le long des murs.

L'angoisse de l'attente faisait désirer la venue de l'ennemi.

Dans l'après-midi du jour qui suivit le départ des troupes françaises, quelques uhlans[1], sortis on ne sait d'où, traversèrent la ville avec célérité. Puis, un peu plus tard, une masse noire descendit de la côte Sainte-Catherine, tandis que deux autres flots envahisseurs apparaissaient par les routes de Darnetal et de Boisguillaume. Les avant-gardes des trois corps, juste au même moment, se joignirent sur la place de l'Hôtel-de-Ville ; et, par toutes les rues voisines, l'armée allemande arrivait, déroulant ses bataillons qui faisaient sonner les pavés sous leur pas dur et rythmé.

Des commandements criés d'une voix inconnue et gutturale montaient le long des maisons qui semblaient mortes et désertes, tandis que, derrière les volets fermés, des yeux guettaient ces hommes victorieux, maîtres de la cité, des fortunes et des vies de par le « droit de guerre ». Les habitants, dans leurs chambres assombries, avaient l'affolement que donnent les cataclysmes, les grands bouleversements meurtriers de la

1. Cavaliers dans l'armée prussienne.

terre, contre lesquels toute sagesse et toute force sont inutiles. Car la même sensation reparaît chaque fois que l'ordre établi des choses est renversé, que la sécurité n'existe plus, que tout ce que protégeaient les lois des hommes ou celles de la nature, se trouve à la merci d'une brutalité inconsciente et féroce. Le tremblement de terre écrasant sous les maisons croulantes un peuple entier ; le fleuve débordé qui roule les paysans noyés avec les cadavres des bœufs et les poutres arrachées aux toits, ou l'armée glorieuse massacrant ceux qui se défendent, emmenant les autres prisonniers, pillant au nom du sabre et remerciant un dieu au son du canon, sont autant de fléaux effrayants qui déconcertent toute croyance à la justice éternelle, toute la confiance qu'on nous enseigne en la protection du ciel et la raison de l'homme.

Mais à chaque porte des petits détachements frappaient, puis disparaissaient dans les maisons. C'était l'occupation après l'invasion. Le devoir commençait pour les vaincus de se montrer gracieux envers les vainqueurs.

Au bout de quelque temps, une fois la première terreur disparue, un calme nouveau s'établit. Dans beaucoup de familles, l'officier prussien mangeait à table. Il était parfois bien élevé, et, par politesse, plaignait la France[1], disait sa répugnance en prenant part à cette

1. L'envahisseur parlait français, car cette langue était connue de la plupart des Européens ayant bénéficié d'une certaine éducation.

guerre. On lui était reconnaissant de ce sentiment ; puis on pouvait, un jour ou l'autre, avoir besoin de sa protection. En le ménageant on obtiendrait peut-être quelques hommes de moins à nourrir. Et pourquoi blesser quelqu'un dont on dépendait tout à fait ? Agir ainsi serait moins de la bravoure que de la témérité. – Et la témérité n'est plus un défaut des bourgeois de Rouen, comme au temps des défenses héroïques où s'illustra leur cité. – On se disait enfin, raison suprême tirée de l'urbanité française, qu'il demeurait bien permis d'être poli dans son intérieur pourvu qu'on ne se montrât pas familier en public, avec le soldat étranger. Au-dehors on ne se connaissait plus, mais dans la maison on causait volontiers, et l'Allemand demeurait plus longtemps, chaque soir, à se chauffer au foyer commun.

La ville même reprenait peu à peu de son aspect ordinaire. Les Français ne sortaient guère encore, mais les soldats prussiens grouillaient dans les rues. Du reste, les officiers de hussards[1] bleus, qui traînaient avec arrogance leurs grands outils de mort sur le pavé, ne semblaient pas avoir pour les simples citoyens énormément plus de mépris que les officiers de chasseurs, qui, l'année d'avant, buvaient aux mêmes cafés.

Il y avait cependant quelque chose dans l'air, quelque chose de subtil et d'inconnu, une atmosphère

1. Soldats de la cavalerie légère, en France et en Allemagne.

étrangère intolérable, comme une odeur répandue, l'odeur de l'invasion. Elle emplissait les demeures et les places publiques, changeait le goût des aliments, donnait l'impression d'être en voyage, très loin, chez des tribus barbares et dangereuses.

Les vainqueurs exigeaient de l'argent, beaucoup d'argent. Les habitants payaient toujours ; ils étaient riches d'ailleurs. Mais plus un négociant normand devient opulent et plus il souffre de tout sacrifice, de toute parcelle de sa fortune qu'il voit passer aux mains d'un autre.

Cependant, à deux ou trois lieues sous la ville, en suivant le cours de la rivière, vers Croisset, Dieppedalle ou Biessart, les mariniers et les pêcheurs ramenaient souvent du fond de l'eau quelque cadavre d'Allemand gonflé dans son uniforme, tué d'un coup de couteau ou de savate, la tête écrasée par une pierre, ou jeté à l'eau d'une poussée du haut d'un pont. Les vases du fleuve ensevelissaient ces vengeances obscures, sauvages et légitimes, héroïsmes inconnus, attaques muettes, plus périlleuses que les batailles au grand jour et sans le retentissement de la gloire.

Car la haine de l'Étranger arme toujours quelques Intrépides prêts à mourir pour une Idée.

Enfin, comme les envahisseurs, bien qu'assujettissant la ville à leur inflexible discipline, n'avaient accompli aucune des horreurs que la renommée leur faisait commettre tout le long de leur marche

triomphale, on s'enhardit, et le besoin du négoce travailla de nouveau le cœur des commerçants du pays. Quelques-uns avaient de gros intérêts engagés au Havre que l'armée française occupait, et ils voulurent tenter de gagner ce port en allant par terre à Dieppe où ils s'embarqueraient.

On employa l'influence des officiers allemands dont on avait fait la connaissance, et une autorisation de départ fut obtenue du général en chef.

Donc, une grande diligence à quatre chevaux ayant été retenue pour ce voyage, et dix personnes s'étant fait inscrire chez le voiturier, on résolut de partir un mardi matin, avant le jour, pour éviter tout rassemblement.

Depuis quelque temps déjà la gelée avait durci la terre, et le lundi, vers trois heures, de gros nuages noirs venant du nord apportèrent la neige, qui tomba sans interruption pendant toute la soirée et toute la nuit.

À quatre heures et demie du matin, les voyageurs se réunirent dans la cour de l'Hôtel de Normandie, où l'on devait monter en voiture.

Ils étaient encore pleins de sommeil, et grelottaient de froid sous leurs couvertures. On se voyait mal dans l'obscurité, et l'entassement des lourds vêtements d'hiver faisait ressembler tous ces corps à des curés obèses avec leurs longues soutanes. Mais deux hommes se reconnurent, un troisième les aborda, ils

causèrent : « J'emmène ma femme », dit l'un. « J'en fais autant. » « Et moi aussi. » Le premier ajouta : « Nous ne reviendrons pas à Rouen, et si les Prussiens approchent du Havre nous gagnerons l'Angleterre. »
5 Tous avaient les mêmes projets, étant de complexion[1] semblable.

Cependant on n'attelait pas la voiture. Une petite lanterne, que portait un valet d'écurie, sortait de temps à autre d'une porte obscure pour disparaître
10 immédiatement dans une autre. Des pieds de chevaux frappaient la terre, amortis par le fumier des litières, et une voix d'homme parlant aux bêtes et jurant s'entendait au fond du bâtiment. Un léger murmure de grelots annonça qu'on maniait les har-
15 nais ; ce murmure devint bientôt un frémissement clair et continu, rythmé par le mouvement de l'animal, s'arrêtant parfois, puis reprenant dans une brusque secousse qu'accompagnait le bruit mat d'un sabot ferré battant le sol.

20 La porte subitement se ferma. Tout bruit cessa. Les bourgeois[2], gelés, s'étaient tus ; ils demeuraient immobiles et roidis.

Un rideau de flocons blancs ininterrompu miroitait sans cesse en descendant vers la terre ; il effaçait
25 les formes, poudrait les choses d'une mousse de glace,

1. Caractère, humeur.
2. « Bourgeois » a ici son sens étymologique d'habitants du bourg, c'est-à-dire de la ville.

et l'on n'entendait plus, dans le grand silence de la ville calme et ensevelie sous l'hiver que ce froissement vague, innommable et flottant de la neige qui tombe, plutôt sensation que bruit, entremêlement
5 d'atomes légers qui semblaient emplir l'espace, couvrir le monde.

L'homme reparut, avec sa lanterne, tirant au bout d'une corde un cheval triste qui ne venait pas volontiers. Il le plaça contre le timon[1], attacha les traits,
10 tourna longtemps autour pour assurer les harnais, car il ne pouvait se servir que d'une main, l'autre portant sa lumière. Comme il allait chercher la seconde bête, il remarqua tous ces voyageurs immobiles, déjà blancs de neige, et leur dit : « Pourquoi ne montez-vous pas
15 dans la voiture ? Vous serez à l'abri, au moins. »

Ils n'y avaient pas songé, sans doute, et ils se précipitèrent. Les trois hommes installèrent leurs femmes dans le fond, montèrent ensuite ; puis les autres formes indécises et voilées prirent à leur tour les der-
20 nières places sans échanger une parole.

Le plancher était couvert de paille où les pieds s'enfoncèrent. Les dames du fond, ayant apporté des petites chaufferettes[2] en cuivre avec un charbon

[1]. Longue pièce de bois disposée à l'avant de la diligence de part et d'autre de laquelle sont attelés les chevaux.
[2]. Boîtes de métal que l'on remplissait de braises ou de cendres chaudes et dont le couvercle était percé pour laisser s'échapper la chaleur. On les disposait généralement sous les pieds pour se réchauffer.

chimique, allumèrent ces appareils, et, pendant quelque temps, à voix basse, elles en énumérèrent les avantages, se répétant des choses qu'elles savaient déjà depuis longtemps.

Enfin, la diligence étant attelée avec six chevaux au lieu de quatre à cause du tirage plus pénible, une voix du dehors demanda : « Tout le monde est-il monté ? » Une voix du dedans répondit : « Oui. » On partit.

La voiture avançait lentement, lentement, à tout petits pas. Les roues s'enfonçaient dans la neige ; le coffre entier geignait avec des craquements sourds ; les bêtes glissaient, soufflaient, fumaient, et le fouet gigantesque du cocher claquait sans repos, voltigeait de tous les côtés, se nouant et se déroulant comme un serpent mince, et cinglant brusquement quelque croupe rebondie qui se tendait alors sous un effort plus violent.

Mais le jour imperceptiblement grandissait. Ces flocons légers qu'un voyageur, Rouennais pur sang, avait comparés à une pluie de coton[1], ne tombaient plus. Une lueur sale filtrait à travers de gros nuages obscurs et lourds qui rendaient plus éclatante la blancheur de la campagne où apparaissaient tantôt une ligne de grands arbres vêtus de givre, tantôt une chaumière avec un capuchon de neige.

1. Si seul un Rouennais pouvait faire cette comparaison, c'est que la ville de Rouen était célèbre pour ses filatures de coton !

Dans la voiture, on se regardait curieusement, à la triste clarté de cette aurore.

Tout au fond, aux meilleures places, sommeillaient, en face l'un de l'autre, M. et Mme Loiseau, des marchands de vin en gros de la rue Grand-Pont.

Ancien commis d'un patron ruiné dans les affaires, Loiseau avait acheté le fonds et fait fortune. Il vendait à très bon marché de très mauvais vins aux petits débitants des campagnes et passait parmi ses connaissances et ses amis pour un fripon madré[1], un vrai Normand plein de ruses et de jovialité.

Sa réputation de filou était si bien établie, qu'un soir, à la préfecture, M. Tournel, auteur de fables et de chansons, esprit mordant et fin, une gloire locale, avait proposé aux dames qu'il voyait un peu somnolentes de faire une partie de « Loiseau vole[2] » ; le mot lui-même vola à travers les salons du préfet, puis, gagnant ceux de la ville, avait fait rire pendant un mois toutes les mâchoires de la province.

Loiseau était en outre célèbre par ses farces de toute nature, ses plaisanteries bonnes ou mauvaises ; et personne ne pouvait parler de lui sans ajouter immédiatement : « Il est impayable, ce Loiseau. »

1. Personne rusée, sous des apparences de simplicité.
2. On comprend la plaisanterie quand on sait que « L'oiseau vole » est le nom d'un jeu très en vogue. Cependant, la plaisanterie n'est guère amusante : Maupassant souligne avec ironie l'absence d'esprit des Rouennais.

De taille exiguë, il présentait un ventre en ballon surmonté d'une face rougeaude entre deux favoris grisonnants.

Sa femme, grande, forte, résolue, avec la voix haute et la décision rapide, était l'ordre et l'arithmétique de la maison de commerce, qu'il animait par son activité joyeuse.

À côté d'eux se tenait, plus digne, appartenant à une caste supérieure, M. Carré-Lamadon, homme considérable, posé dans les cotons[1], propriétaire de trois filatures, officier de la Légion d'honneur et membre du Conseil général. Il était resté tout le temps de l'Empire chef de l'opposition bienveillante[2], uniquement pour se faire payer plus cher son ralliement à la cause qu'il combattait avec des armes courtoises, selon sa propre expression. Mme Carré-Lamadon, beaucoup plus jeune que son mari, demeurait la consolation des officiers de bonne famille envoyés à Rouen en garnison.

Elle faisait vis-à-vis à son époux, toute petite, toute mignonne, toute jolie, pelotonnée dans ses fourrures, et regardait d'un œil navré l'intérieur lamentable de la voiture.

1. Ayant une position, ici dans les cotons. Comme l'industrie du coton est florissante à Rouen, M. Carré-Lamadon a une position très confortable, tout en haut de la hiérarchie bourgeoise.
2. L'opposition bienveillante de M. Carré-Lamadon consiste en un combat du régime de l'Empire qui n'est guère virulent, le député étant essentiellement opportuniste puisqu'il reste « bienveillant » vis-à-vis de l'empereur.

Ses voisins, le comte et la comtesse Hubert de Bréville, portaient un des noms les plus anciens et les plus nobles de Normandie. Le comte, vieux gentilhomme de grande tournure, s'efforçait d'accentuer, par les artifices de sa toilette, sa ressemblance naturelle avec le roy Henri IV, qui, suivant une légende glorieuse pour la famille, avait rendu grosse une dame de Bréville, dont le mari, pour ce fait, était devenu comte et gouverneur de province.

Collègue de M. Carré-Lamadon au Conseil général, le comte Hubert représentait le parti orléaniste[1] dans le département. L'histoire de son mariage avec la fille d'un petit armateur de Nantes était toujours demeurée mystérieuse. Mais, comme la comtesse avait grand air, recevait mieux que personne, passait même pour avoir été aimée par un des fils de Louis-Philippe, toute la noblesse lui faisait fête, et son salon demeurait le premier du pays, le seul où se conservât la vieille galanterie, et dont l'entrée fût difficile.

La fortune des Bréville, toute en biens-fonds[2], atteignait, disait-on, cinq cent mille livres[3] de revenu.

1. Parti favorable à la restauration de la monarchie, qui ne soutient cependant pas le retour des Bourbons, mais celui de la branche cadette de la famille royale : la famille d'Orléans, dont fera partie notamment Louis-Philippe, à la tête de la monarchie de Juillet de 1830 à 1848.

2. Biens tels que l'immobilier ou les terres.

3. La livre est la monnaie ayant cours avant la Révolution française, mais on continue de parler en livres alors que les francs les ont remplacées depuis longtemps.

Ces six personnes formaient le fond de la voiture, le côté de la société rentrée, sereine et forte, des honnêtes gens autorisés qui ont de la Religion et des Principes.

Par un hasard étrange toutes les femmes se trouvaient sur le même banc ; et la comtesse avait encore pour voisines deux bonnes sœurs qui égrenaient de longs chapelets en marmottant des *Pater* et des *Ave*. L'une était vieille avec une face défoncée par la petite vérole[1] comme si elle eût reçu à bout portant une bordée de mitraille en pleine figure. L'autre, très chétive, avait une tête jolie et maladive sur une poitrine de phtisique[2] rongée par cette foi dévorante qui fait les martyrs et les illuminés.

En face des deux religieuses, un homme et une femme attiraient les regards de tous.

L'homme, bien connu, était Cornudet le démoc[3], la terreur des gens respectables. Depuis vingt ans il trempait sa grande barbe rousse dans les bocks de tous les cafés démocratiques. Il avait mangé avec les frères

1. « Petite vérole », désignait autrefois la variole, maladie infectieuse et grave qui se caractérise par une éruption de pustules laissant de grosses cicatrices. Il est amusant que ce soit une sœur qui ait la petite vérole, quand on connaît l'expression « s'abattre comme la vérole sur le bas clergé », qui signifie s'abattre violemment !

2. La phtisie est la tuberculose pulmonaire, qui peut se soigner comme être mortelle. Elle est alors très répandue en France.

3. Nom familier et péjoratif employé pour désigner les démocrates, c'est-à-dire les partisans de la République dans le contexte du Second Empire.

et amis une assez belle fortune qu'il tenait de son père, ancien confiseur, et il attendait impatiemment la République pour obtenir enfin la place méritée par tant de consommations révolutionnaires. Au quatre septembre[1], par suite d'une farce peut-être, il s'était cru nommé préfet ; mais quand il voulut entrer en fonctions, les garçons de bureau, demeurés seuls maîtres de la place, refusèrent de le reconnaître, ce qui le contraignit à la retraite. Fort bon garçon, du reste, inoffensif et serviable, il s'était occupé avec une ardeur incomparable d'organiser la défense. Il avait fait creuser des trous dans les plaines, coucher tous les jeunes arbres des forêts voisines, semé des pièges sur toutes les routes, et, à l'approche de l'ennemi, satisfait de ses préparatifs, il s'était vivement replié vers la ville. Il pensait maintenant se rendre plus utile au Havre, où de nouveaux retranchements allaient être nécessaires.

La femme, une de celles appelées galantes, était célèbre par son embonpoint précoce qui lui avait valu le surnom de Boule de Suif[2]. Petite, ronde de partout, grasse à lard, avec des doigts bouffis, étranglés aux phalanges, pareils à des chapelets de courtes saucisses, avec une peau luisante et tendue, une gorge énorme qui

[1]. Le 4 septembre est la date de la proclamation de la République à Paris après la déchéance de Napoléon III.
[2]. Sur le « suif », voir p. 32, note 5. Si la prostituée porte ce nom, c'est qu'elle est grasse et appétissante.

saillait sous sa robe, elle restait cependant appétissante et courue, tant sa fraîcheur faisait plaisir à voir. Sa figure était une pomme rouge, un bouton de pivoine prêt à fleurir, et là-dedans s'ouvraient, en haut, deux yeux noirs magnifiques, ombragés de grands cils épais qui mettaient une ombre dedans ; en bas, une bouche charmante, étroite, humide pour le baiser, meublée de quenottes luisantes et microscopiques.

Elle était de plus, disait-on, pleine de qualités inappréciables.

Aussitôt qu'elle fut reconnue, des chuchotements coururent parmi les femmes honnêtes, et les mots de « prostituée », de « honte publique » furent chuchotés si haut qu'elle leva la tête. Alors elle promena sur ses voisins un regard tellement provocant et hardi qu'un grand silence aussitôt régna, et tout le monde baissa les yeux à l'exception de Loiseau, qui la guettait d'un air émoustillé.

Mais bientôt la conversation reprit entre les trois dames, que la présence de cette fille avait rendues subitement amies, presque intimes. Elles devaient faire, leur semblait-il, comme un faisceau[1] de leurs dignités d'épouses en face de cette vendue sans vergogne ; car l'amour légal le prend toujours de haut avec son libre confrère.

1. Le « faisceau » désigne tout assemblage de choses semblables liées entre elles, notamment de fusils regroupés en pyramide.

Les trois hommes aussi, rapprochés par un instinct de conservateurs à l'aspect de Cornudet, parlaient argent d'un certain ton dédaigneux pour les pauvres. Le comte Hubert disait les dégâts que lui avaient fait subir les Prussiens, les pertes qui résulteraient du bétail volé et des récoltes perdues, avec une assurance de grand seigneur dix fois millionnaire que ces ravages gêneraient à peine une année. M. Carré-Lamadon, fort éprouvé dans l'industrie cotonnière, avait eu soin d'envoyer six cent mille francs en Angleterre, une poire pour la soif qu'il se ménageait à toute occasion. Quant à Loiseau, il s'était arrangé pour vendre à l'Intendance française[1] tous les vins communs qui lui restaient en cave, de sorte que l'État lui devait une somme formidable qu'il comptait bien toucher au Havre.

Et tous les trois se jetaient des coups d'œil rapides et amicaux. Bien que de conditions différentes, ils se sentaient frères par l'argent, de la grande franc-maçonnerie de ceux qui possèdent, qui font sonner de l'or en mettant la main dans la poche de leur culotte.

La voiture allait si lentement qu'à dix heures du matin on n'avait pas fait quatre lieues[2]. Les hommes

1. L'Intendance française s'occupe de tous les besoins des soldats, en termes de rémunération, de nourriture et même d'habillement.
2. Soit 16 kilomètres, alors que Tôtes se trouve à 29 kilomètres de Rouen.

descendirent trois fois pour monter des côtes à pied. On commençait à s'inquiéter, car on devait déjeuner à Tôtes et l'on désespérait maintenant d'y parvenir avant la nuit. Chacun guettait pour apercevoir un cabaret sur la route, quand la diligence sombra dans un amoncellement de neige, et il fallut deux heures pour la dégager.

L'appétit grandissait, troublait les esprits, et aucune gargote, aucun marchand de vin ne se montraient, l'approche des Prussiens et le passage des troupes françaises affamées ayant effrayé toutes les industries.

Les messieurs coururent aux provisions dans les fermes au bord du chemin, mais ils n'y trouvèrent pas même de pain, car le paysan, défiant, cachait ses réserves dans la crainte d'être pillé par les soldats qui, n'ayant rien à se mettre sous la dent, prenaient par force ce qu'ils découvraient.

Vers une heure de l'après-midi, Loiseau annonça que décidément il se sentait un rude creux dans l'estomac. Tout le monde souffrait comme lui depuis longtemps, et le violent besoin de manger, augmentant toujours, avait tué les conversations.

De temps en temps quelqu'un bâillait ; un autre presque aussitôt l'imitait, et chacun, à tour de rôle, suivant son caractère, son savoir-vivre et sa position sociale, ouvrait la bouche avec fracas ou modestement en portant vite sa main devant le trou béant d'où sortait une vapeur.

Boule de Suif, à plusieurs reprises, se pencha comme si elle cherchait quelque chose sous ses jupons. Elle hésitait une seconde, regardait ses voisins, puis se redressait tranquillement. Les figures étaient pâles et crispées. Loiseau affirma qu'il paierait mille francs un jambonneau. Sa femme fit un geste comme pour protester, puis elle se calma. Elle souffrait toujours en entendant parler d'argent gaspillé, et ne comprenait même pas les plaisanteries sur ce sujet. « Le fait est que je ne me sens pas bien, dit le comte ; comment n'ai-je pas songé à apporter des provisions ? » Chacun se faisait le même reproche.

Cependant Cornudet avait une gourde pleine de rhum ; il en offrit : on refusa froidement. Loiseau seul en accepta deux gouttes, et, lorsqu'il rendit la gourde, il remercia : « C'est bon tout de même, ça réchauffe, et ça trompe l'appétit. » L'alcool le mit en belle humeur et il proposa de faire comme sur le petit navire de la chanson : de manger le plus gras[1] des voyageurs. Cette allusion indirecte à Boule de Suif choqua les gens bien élevés. On ne répondit pas ; Cornudet seul eut un sourire. Les deux bonnes sœurs avaient cessé de marmotter leur rosaire, et, les mains enfoncées dans leurs grandes manches, elles se tenaient immobiles, baissant obstinément les yeux,

1. La chanson « Il était un petit navire » dit que le plus jeune des passagers sera mangé, non le plus gras, mais Loiseau veut désigner Boule de Suif de façon à ce que tous les voyageurs comprennent.

offrant sans doute au ciel la souffrance qu'il leur envoyait.

Enfin, à trois heures, comme on se trouvait au milieu d'une plaine interminable, sans un seul village en vue, Boule de Suif, se baissant vivement, retira de sous la banquette un large panier couvert d'une serviette blanche.

Elle en sortit d'abord une petite assiette de faïence, une fine timbale[1] en argent, puis une vaste terrine dans laquelle deux poulets entiers, tout découpés, avaient confit sous leur gelée, et l'on apercevait encore dans le panier d'autres bonnes choses enveloppées, des pâtés, des fruits, des friandises, les provisions préparées pour un voyage de trois jours, afin de ne point toucher à la cuisine des auberges. Quatre goulots de bouteilles passaient entre les paquets de nourriture. Elle prit une aile de poulet et, délicatement, se mit à la manger avec un de ces petits pains qu'on appelle « Régence[2] » en Normandie.

Tous les regards étaient tendus vers elle. Puis l'odeur se répandit, élargissant les narines, faisant venir aux bouches une salive abondante avec une contraction douloureuse de la mâchoire sous les oreilles. Le mépris des dames pour cette fille devenait féroce, comme une envie de la tuer, ou de la jeter

1. Gobelet de métal.
2. Les pains « Régence » sont des petits pains très légers.

en bas de la voiture, dans la neige, elle, sa timbale, son panier et ses provisions.

Mais Loiseau dévorait des yeux la terrine de poulet. Il dit : « À la bonne heure, madame a eu plus de précaution que nous. Il y a des personnes qui savent toujours penser à tout. » Elle leva la tête vers lui : « Si vous en désirez, monsieur ? C'est dur de jeûner depuis le matin. » Il salua : « Ma foi, franchement, je ne refuse pas, je n'en peux plus. À la guerre comme à la guerre, n'est-ce pas, madame ? » Et, jetant un regard circulaire, il ajouta : « Dans des moments comme celui-ci, on est bien aise de trouver des gens qui vous obligent. » Il avait un journal, qu'il étendit pour ne point tacher son pantalon, et sur la pointe d'un couteau toujours logé dans sa poche, il enleva une cuisse toute vernie de gelée, la dépeça des dents, puis la mâcha avec une satisfaction si évidente qu'il y eut dans la voiture un grand soupir de détresse.

Mais Boule de Suif, d'une voix humble et douce, proposa aux bonnes sœurs de partager sa collation. Elles acceptèrent toutes les deux instantanément, et, sans lever les yeux, se mirent à manger très vite après avoir balbutié des remerciements. Cornudet ne refusa pas non plus les offres de sa voisine, et l'on forma avec les religieuses une sorte de table en développant des journaux sur les genoux.

Les bouches s'ouvraient et se fermaient sans cesse, avalaient, mastiquaient, engloutissaient férocement.

Loiseau, dans son coin, travaillait dur, et, à voix basse, il engageait sa femme à l'imiter. Elle résista longtemps, puis, après une crispation qui lui parcourut les entrailles, elle céda. Alors son mari, arrondissant sa phrase, demanda à leur « charmante compagne » si elle lui permettait d'offrir un petit morceau à Mme Loiseau. Elle dit : « Mais oui, certainement, monsieur », avec un sourire aimable, et tendit la terrine.

Un embarras se produisit lorsqu'on eut débouché la première bouteille de bordeaux : il n'y avait qu'une timbale. On se la passa après l'avoir essuyée. Cornudet seul, par galanterie sans doute, posa ses lèvres à la place humide encore des lèvres de sa voisine.

Alors, entourés de gens qui mangeaient, suffoqués par les émanations des nourritures, le comte et la comtesse de Bréville, ainsi que M. et Mme Carré-Lamadon souffrirent ce supplice odieux qui a gardé le nom de Tantale[1]. Tout d'un coup la jeune femme du manufacturier poussa un soupir qui fit retourner les têtes ; elle était aussi blanche que la neige du dehors ; ses yeux se fermèrent, son front tomba : elle avait perdu connaissance. Son mari, affolé, implorait le secours de tout le

1. Roi de la mythologie grecque qui avait tué son fils pour l'offrir en pâture aux dieux fut puni d'un supplice bien particulier : il fut condamné à observer pour l'éternité une eau chatoyante dans laquelle se reflétaient des fruits magnifiques, sans jamais pouvoir les atteindre.

monde. Chacun perdait l'esprit, quand la plus âgée des bonnes sœurs, soutenant la tête de la malade, glissa entre ses lèvres la timbale de Boule de Suif et lui fit avaler quelques gouttes de vin. La jolie dame remua, ouvrit les yeux, sourit, et déclara d'une voix mourante qu'elle se sentait fort bien maintenant. Mais, afin que cela ne se renouvelât plus, la religieuse la contraignit à boire un plein verre de bordeaux, et elle ajouta : « C'est la faim, pas autre chose. »

Alors Boule de Suif, rougissante et embarrassée, balbutia en regardant les quatre voyageurs restés à jeun : « Mon Dieu, si j'osais offrir à ces messieurs et à ces dames… » Elle se tut, craignant un outrage. Loiseau prit la parole : « Eh, parbleu, dans des cas pareils tout le monde est frère et doit s'aider. Allons, mesdames, pas de cérémonie : acceptez, que diable ! Savons-nous si nous trouverons seulement une maison où passer la nuit ? Du train dont nous allons, nous ne serons pas à Tôtes avant demain midi. » On hésitait, personne n'osant assumer la responsabilité du « oui ». Mais le comte trancha la question. Il se tourna vers la grosse fille intimidée, et, prenant son grand air de gentilhomme, il lui dit : « Nous acceptons avec reconnaissance, madame. »

Le premier pas seul coûtait. Une fois le Rubicon[1] passé, on s'en donna carrément. Le panier fut vidé.

1. Fleuve séparant l'Italie de la Gaule. Quand César le franchit, ce fut pour conquérir la Gaule. « Franchir le Rubicon » désigne

Il contenait encore un pâté de foie gras, un pâté de mauviettes[1], un morceau de langue fumée, des poires de Crassane[2], un pavé de pont-l'évêque, des petits-fours et une tasse pleine de cornichons et d'oignons au vinaigre : Boule de Suif, comme toutes les femmes, adorant les crudités.

On ne pouvait manger les provisions de cette fille sans lui parler. Donc on causa, avec réserve d'abord, puis, comme elle se tenait fort bien, on s'abandonna davantage. Mmes de Bréville et Carré-Lamadon, qui avaient un grand savoir-vivre, se firent gracieuses avec délicatesse. La comtesse surtout montra cette condescendance aimable des très nobles dames qu'aucun contact ne peut salir, et fut charmante. Mais la forte Mme Loiseau, qui avait une âme de gendarme, resta revêche, parlant peu et mangeant beaucoup.

On s'entretint de la guerre naturellement. On raconta des faits horribles des Prussiens, des traits de bravoure des Français ; et tous ces gens qui fuyaient rendirent hommage au courage des autres. Les histoires personnelles commencèrent bientôt et Boule de Suif raconta, avec une émotion vraie, avec cette

donc le fait d'engager une démarche décisive. Ici, le décalage avec la situation dans le récit donne à ce passage une tonalité ironique.
1. Pâté d'alouettes.
2. Poires qui sont mûres en hiver : elles sont donc de saison en décembre, au moment où se situe la nouvelle.

chaleur de parole qu'ont parfois les filles pour exprimer leurs emportements naturels, comment elle avait quitté Rouen : « J'ai cru d'abord que je pourrais rester, disait-elle. J'avais ma maison pleine de provisions, et j'aimais mieux nourrir quelques soldats que m'expatrier je ne sais où. Mais quand je les ai vus, ces Prussiens, ce fut plus fort que moi ! Ils m'ont tourné le sang de colère ; et j'ai pleuré de honte toute la journée. Oh ! si j'étais un homme, allez ! Je les regardais de ma fenêtre, ces gros porcs avec leur casque à pointe, et ma bonne me tenait les mains pour m'empêcher de leur jeter mon mobilier sur le dos. Puis il en est venu pour loger chez moi ; alors j'ai sauté à la gorge du premier. Ils ne sont pas plus difficiles à étrangler que d'autres ! Et je l'aurais terminé, celui-là, si l'on ne m'avait pas tirée par les cheveux. Il a fallu me cacher après ça. Enfin, quand j'ai trouvé une occasion, je suis partie, et me voici. »

On la félicita beaucoup. Elle grandissait dans l'estime de ses compagnons qui ne s'étaient pas montrés si crânes ; et Cornudet, en l'écoutant, gardait un sourire approbateur et bienveillant d'apôtre ; de même un prêtre entend un dévot louer Dieu, car les démocrates à longue barbe ont le monopole du patriotisme comme les hommes en soutane ont celui de la religion. Il parla à son tour d'un ton doctrinaire, avec l'emphase apprise dans les proclamations qu'on collait chaque jour aux murs et il finit par un morceau

d'éloquence où il étrillait[1] magistralement cette « crapule de Badinguet[2] ».

Mais Boule de Suif aussitôt se fâcha, car elle était bonapartiste. Elle devenait plus rouge qu'une guigne[3] et, bégayant d'indignation : « J'aurais bien voulu vous voir à sa place, vous autres. Ça aurait été du propre, ah oui ! C'est vous qui l'avez trahi, cet homme ! On n'aurait plus qu'à quitter la France si l'on était gouverné par des polissons comme vous ! » Cornudet, impassible, gardait un sourire dédaigneux et supérieur, mais on sentait que les gros mots allaient arriver quand le comte s'interposa et calma, non sans peine, la fille exaspérée, en proclamant avec autorité que toutes les opinions sincères étaient respectables. Cependant la comtesse et la manufacturière, qui avaient dans l'âme la haine irraisonnée des gens comme il faut pour la République, et cette instinctive tendresse que nourrissent toutes les femmes pour les gouvernements à panache et despotiques, se sentaient, malgré elles, attirées vers cette prostituée

1. Le verbe « étriller » a un sens propre et un sens figuré, il s'agit de battre physiquement quelqu'un ou de le critiquer fortement. Pour Cornudet, qui fuit devant l'ennemi, le fait d'étriller « magistralement » Napoléon III ne salue pas son courage.
2. Surnom péjoratif, donné par les opposants à l'Empire, à Napoléon III : c'était le nom de l'ouvrier qui accepta d'échanger avec lui ses vêtements afin qu'il s'évade du fort de Ham où il était enfermé en 1846, pour conspiration.
3. Variété de cerise.

pleine de dignité, dont les sentiments ressemblaient si fort aux leurs.

Le panier était vide. À dix on l'avait tari sans peine, en regrettant qu'il ne fût pas plus grand. La conversation continua quelque temps, un peu refroidie néanmoins depuis qu'on avait fini de manger.

La nuit tombait, l'obscurité peu à peu devint profonde, et le froid, plus sensible pendant les digestions, faisait frissonner Boule de Suif, malgré sa graisse. Alors Mme de Bréville lui proposa sa chaufferette dont le charbon depuis le matin avait été plusieurs fois renouvelé, et l'autre accepta tout de suite, car elle se sentait les pieds gelés. Mmes Carré-Lamadon et Loiseau donnèrent les leurs aux religieuses.

Le cocher avait allumé ses lanternes. Elles éclairaient d'une lueur vive un nuage de buée au-dessus de la croupe en sueur des timoniers[1], et, des deux côtés de la route, la neige qui semblait se dérouler sous le reflet mobile des lumières.

On ne distinguait plus rien dans la voiture ; mais tout à coup un mouvement se fit entre Boule de Suif et Cornudet ; et Loiseau, dont l'œil fouillait l'ombre, crut voir l'homme à la grande barbe s'écarter vivement comme s'il eût reçu quelque bon coup lancé sans bruit.

1. Chevaux directement attelés au timon, et qui sont donc le plus près de la diligence.

Des petits points de feu parurent en avant sur la route. C'était Tôtes. On avait marché onze heures, ce qui, avec les deux heures de repos laissées en quatre fois aux chevaux pour manger l'avoine et souffler, faisait quatorze[1]. On entra dans le bourg et devant l'Hôtel du Commerce on s'arrêta.

La portière s'ouvrit. Un bruit bien connu fit tressaillir tous les voyageurs ; c'étaient les heurts d'un fourreau de sabre sur le sol. Aussitôt la voix d'un Allemand cria quelque chose.

Bien que la diligence fût immobile, personne ne descendait, comme si l'on se fût attendu à être massacré à la sortie. Alors le conducteur apparut tenant à la main une de ses lanternes qui éclaira subitement jusqu'au fond de la voiture les deux rangs de têtes effarées, dont les bouches étaient ouvertes et les yeux écarquillés de surprise et d'épouvante.

À côté du cocher se tenait, en pleine lumière, un officier allemand, un grand jeune homme excessivement mince et blond, serré dans son uniforme comme une fille en son corset, et portant sur le côté sa casquette plate et cirée qui le faisait ressembler au chasseur d'un hôtel anglais. Sa moustache démesurée, à longs poils droits, s'amincissant indéfiniment de chaque côté et terminée par un seul fil blond si

1. Maupassant est l'auteur d'une erreur de calcul assez surprenante !

mince qu'on n'en apercevait pas la fin, semblait peser sur les coins de sa bouche, et, tirant la joue, imprimait aux lèvres un pli tombant.

Il invita en français d'Alsacien les voyageurs à sortir, disant d'un ton raide : « Foulez-fous tescentre, messieurs et tames ? »

Les deux bonnes sœurs obéirent les premières avec une docilité de saintes filles habituées à toutes les soumissions. Le comte et la comtesse parurent ensuite, suivis du manufacturier et de sa femme, puis de Loiseau poussant devant lui sa grande moitié. Celui-ci, en mettant pied à terre, dit à l'officier : « Bonjour, monsieur », par un sentiment de prudence bien plus que de politesse. L'autre, insolent comme les gens tout-puissants, le regarda sans répondre.

Boule de Suif et Cornudet, bien que près de la portière, descendirent les derniers, graves et hautains devant l'ennemi. La grosse fille tâchait de se dominer et d'être calme : le démoc tourmentait d'une main tragique et un peu tremblante sa longue barbe roussâtre. Ils voulaient garder de la dignité, comprenant qu'en ces rencontres-là chacun représente un peu son pays ; et pareillement révoltés par la souplesse de leurs compagnons, elle, tâchait de se montrer plus fière que ses voisines les femmes honnêtes, tandis que lui, sentant bien qu'il devait l'exemple, continuait en toute son attitude sa mission de résistance commencée au défoncement des routes.

On entra dans la vaste cuisine de l'auberge, et l'Allemand, s'étant fait présenter l'autorisation de départ signée par le général en chef et où étaient mentionnés les noms, le signalement et la profession de chaque voyageur, examina longuement tout ce monde, comparant les personnes aux renseignements écrits.

Puis il dit brusquement : « C'est pien », et il disparut.

Alors on respira. On avait faim encore ; le souper fut commandé. Une demi-heure était nécessaire pour l'apprêter ; et, pendant que deux servantes avaient l'air de s'en occuper, on alla visiter les chambres. Elles se trouvaient toutes dans un long couloir que terminait une porte vitrée marquée d'un numéro parlant[1].

Enfin on allait se mettre à table, quand le patron de l'auberge parut lui-même. C'était un ancien marchand de chevaux, un gros homme asthmatique, qui avait toujours des sifflements, des enrouements, des chants de glaires dans le larynx. Son père lui avait transmis le nom de Follenvie.

Il demanda :

« Mademoiselle Élisabeth Rousset ? »

Boule de Suif tressaillit, se retourna :

« C'est moi.

1. Périphrase pour désigner le « 0 » qui était le chiffre accroché aux portes des toilettes dans les hôtels.

— Mademoiselle, l'officier prussien veut vous parler immédiatement.

— À moi ?

— Oui, si vous êtes bien Mlle Élisabeth Rousset. »

Elle se troubla, réfléchit une seconde, puis déclara carrément :

« C'est possible, mais je n'irai pas. »

Un mouvement se fit autour d'elle ; chacun discutait, cherchait la cause de cet ordre. Le comte s'approcha :

« Vous avez tort, madame, car votre refus peut amener des difficultés considérables, non seulement pour vous, mais même pour tous vos compagnons. Il ne faut jamais résister aux gens qui sont les plus forts. Cette démarche assurément ne peut présenter aucun danger ; c'est sans doute pour quelque formalité oubliée. »

Tout le monde se joignit à lui, on la pria, on la pressa, on la sermonna, et l'on finit par la convaincre ; car tous redoutaient les complications qui pourraient résulter d'un coup de tête. Elle dit enfin :

« C'est pour vous que je le fais, bien sûr ! »

La comtesse lui prit la main :

« Et nous vous en remercions. »

Elle sortit. On l'attendit pour se mettre à table. Chacun se désolait de n'avoir pas été demandé à la place de cette fille violente et irascible, et préparait mentalement des platitudes pour le cas où on l'appellerait à son tour.

Mais au bout de dix minutes elle reparut, soufflant, rouge à suffoquer, exaspérée. Elle balbutiait : « Oh la canaille ! la canaille ! »

Tous s'empressaient pour savoir, mais elle ne dit rien ; et comme le comte insistait, elle répondit avec une grande dignité : « Non, cela ne vous regarde pas, je ne peux pas parler. »

Alors on s'assit autour d'une haute soupière d'où sortait un parfum de choux. Malgré cette alerte, le souper fut gai. Le cidre était bon, le ménage Loiseau et les bonnes sœurs en prirent, par économie. Les autres demandèrent du vin ; Cornudet réclama de la bière. Il avait une façon particulière de déboucher la bouteille, de faire mousser le liquide, de le considérer en penchant le verre, qu'il élevait ensuite entre la lampe et son œil pour bien apprécier la couleur. Quand il buvait, sa grande barbe, qui avait gardé la nuance de son breuvage aimé, semblait tressaillir de tendresse ; ses yeux louchaient pour ne point perdre de vue sa chope, et il avait l'air de remplir l'unique fonction pour laquelle il était né. On eût dit qu'il établissait en son esprit un rapprochement et comme une affinité entre les deux grandes passions qui occupaient toute sa vie le Pale-Ale[1] et la Révolution ; et assurément il ne pouvait déguster l'un sans songer à l'autre.

1. Nom d'une bière blonde (comme la barbe de Cornudet).

M. et Mme Follenvie dînaient tout au bout de la table. L'homme, râlant comme une locomotive crevée, avait trop de tirage[1] dans la poitrine pour pouvoir parler en mangeant ; mais la femme ne se taisait jamais. Elle raconta toutes ses impressions à l'arrivée des Prussiens, ce qu'ils faisaient, ce qu'ils disaient, les exécrant d'abord parce qu'ils lui coûtaient de l'argent, et, ensuite, parce qu'elle avait deux fils à l'armée. Elle s'adressait surtout à la comtesse, flattée de causer avec une dame de qualité.

Puis elle baissait la voix pour dire les choses délicates, et son mari, de temps en temps, l'interrompait : « Tu ferais mieux de te taire, madame Follenvie. » Mais elle n'en tenait aucun compte, et continuait :

« Oui, madame, ces gens-là, ça ne fait que manger des pommes de terre et du cochon, et puis du cochon et des pommes de terre. Et il ne faut pas croire qu'ils sont propres. – Oh non ! – Ils ordurent[2] partout, sauf le respect que je vous dois. Et si vous les voyiez faire l'exercice pendant des heures et des jours ; ils sont là tous dans un champ : – Et marche en avant, et marche en arrière, et tourne par-ci, et tourne par-là. – S'ils cultivaient la terre au moins, ou s'ils travaillaient aux

1. Le tirage est l'action nécessaire à une arrivée d'oxygène pour une combustion dans une cheminée et par extension dans une locomotive.

2. Le verbe « ordurer » relève du langage familier (tout comme un peu plus loin « s'esquinter »).

routes dans leur pays ! – Mais non, madame, ces militaires, ça n'est profitable à personne ! Faut-il que le pauvre peuple les nourrisse pour n'apprendre qu'à massacrer ! – Je ne suis qu'une vieille femme sans éducation, c'est vrai, mais en les voyant qui s'esquintent le tempérament à piétiner du matin au soir, je me dis : – Quand il y a des gens qui font tant de découvertes pour être utiles, faut-il que d'autres se donnent tant de mal pour être nuisibles ! Vraiment, n'est-ce pas une abomination de tuer des gens, qu'ils soient Prussiens, ou bien Anglais, ou bien Polonais, ou bien Français ? – Si l'on se revenge[1] sur quelqu'un qui vous a fait tort, c'est mal, puisqu'on vous condamne ; mais quand on extermine nos garçons comme du gibier, avec des fusils, c'est donc bien, puisqu'on donne des décorations à celui qui en détruit le plus ? – Non, voyez-vous, je ne comprendrai jamais cela ! »

Cornudet éleva la voix :

« La guerre est une barbarie quand on attaque un voisin paisible ; c'est un devoir sacré quand on défend la patrie. »

La vieille femme baissa la tête :

« Oui, quand on se défend, c'est autre chose ; mais si l'on ne devrait pas plutôt tuer tous les rois qui font ça pour leur plaisir ? »

1. Le verbe « revenger » est alors très employé pour signifier ce que le langage moderne attribue au verbe « venger », prendre sa revanche.

L'œil de Cornudet s'enflamma :

« Bravo citoyenne », dit-il.

M. Carré-Lamadon réfléchissait profondément. Bien qu'il fût fanatique des illustres capitaines[1], le bon sens de cette paysanne le faisait songer à l'opulence qu'apporteraient dans un pays tant de bras inoccupés et par conséquent ruineux, tant de forces qu'on entretient improductives, si on les employait aux grands travaux industriels qu'il faudra des siècles pour achever.

Mais Loiseau, quittant sa place, alla causer tout bas avec l'aubergiste. Le gros homme riait, toussait, crachait ; son énorme ventre sautillait de joie aux plaisanteries de son voisin, et il lui acheta six feuillettes[2] de bordeaux pour le printemps, quand les Prussiens seraient partis.

Le souper à peine achevé, comme on était brisé de fatigue, on se coucha.

Cependant Loiseau, qui avait observé les choses, fit mettre au lit son épouse, puis colla tantôt son oreille et tantôt son œil au trou de la serrure, pour tâcher de découvrir ce qu'il appelait : « les mystères du corridor ».

1. Le « capitaine » est ici pris au sens étymologique : celui qui guide l'armée.
2. Tonneaux de vin ou de liqueur pouvant contenir de 114 à 140 litres. Il s'agit plutôt de la fourchette basse pour le vin de Bordeaux.

Au bout d'une heure environ, il entendit un frôlement, regarda bien vite, et aperçut Boule de Suif qui paraissait plus replète encore sous un peignoir de cachemire bleu, bordé de dentelles blanches. Elle tenait un bougeoir à la main et se dirigeait vers le gros numéro tout au fond du couloir. Mais une porte, à côté, s'entrouvrit, et, quand elle revint au bout de quelques minutes, Cornudet, en bretelles, la suivait. Ils parlaient bas, puis ils s'arrêtèrent. Boule de Suif semblait défendre l'entrée de sa chambre avec énergie. Loiseau, malheureusement, n'entendait pas les paroles, mais à la fin, comme ils élevaient la voix, il put en saisir quelques-unes. Cornudet insistait avec vivacité. Il disait :

« Voyons, vous êtes bête, qu'est-ce que ça vous fait ? »

Elle avait l'air indignée et répondit :

« Non, mon cher, il y a des moments où ces choses-là ne se font pas ; et puis, ici, ce serait une honte. »

Il ne comprenait point, sans doute, et demanda pourquoi. Alors elle s'emporta, élevant encore le ton :

« Pourquoi ? Vous ne comprenez pas pourquoi ? Quand il y a des Prussiens dans la maison, dans la chambre à côté, peut-être ? »

Il se tut. Cette pudeur patriotique de catin qui ne se laissait point caresser près de l'ennemi dut réveiller en son cœur sa dignité défaillante, car, après l'avoir

seulement embrassée, il regagna sa porte à pas de loup.

Loiseau, très allumé, quitta la serrure, battit un entrechat dans sa chambre, mit son madras[1], souleva le drap sous lequel gisait la dure carcasse de sa compagne qu'il réveilla d'un baiser en murmurant : « M'aimes-tu, chérie ? »

Alors toute la maison devint silencieuse. Mais bientôt s'éleva quelque part, dans une direction indéterminée qui pouvait être la cave aussi bien que le grenier, un ronflement puissant, monotone, régulier, un bruit sourd et prolongé, avec des tremblements de chaudière sous pression. M. Follenvie dormait.

Comme on avait décidé qu'on partirait à huit heures le lendemain, tout le monde se trouva dans la cuisine ; mais la voiture, dont la bâche avait un toit de neige, se dressait solitaire au milieu de la cour, sans chevaux et sans conducteur. On chercha en vain celui-ci dans les écuries, dans les fourrages, dans les remises. Alors tous les hommes se résolurent à battre le pays et ils sortirent. Ils se trouvèrent sur la place, avec l'église au fond et, des deux côtés, des maisons basses où l'on apercevait des soldats prussiens. Le premier qu'ils virent épluchait des pommes de terre. Le

1. Étoffe qui venait originellement de Madras mais qui, au XIXe, était fabriquée à Rouen. Loiseau se met un bout de tissu, un foulard peut-être, sur la tête pour se tenir chaud pendant son sommeil, en guise de bonnet de nuit.

second, plus loin, lavait la boutique du coiffeur. Un autre, barbu jusqu'aux yeux, embrassait un mioche qui pleurait et le berçait sur ses genoux pour tâcher de l'apaiser ; et les grosses paysannes dont les hommes étaient à « l'armée de la guerre », indiquaient par signes à leurs vainqueurs obéissants le travail qu'il fallait entreprendre : fendre du bois, tremper la soupe, moudre du café ; un d'eux même lavait le linge de son hôtesse, une aïeule toute impotente.

Le comte, étonné, interrogea le bedeau[1] qui sortait du presbytère. Le vieux rat d'église lui répondit : « Oh ! ceux-là ne sont pas méchants ; c'est pas des Prussiens[2], à ce qu'on dit. Ils sont de plus loin ; je ne sais pas bien d'où ; et ils ont tous laissé une femme et des enfants au pays ; ça ne les amuse pas, la guerre, allez ! Je suis sûr qu'on pleure bien aussi là-bas après les hommes ; et ça fournira une fameuse misère chez eux comme chez nous. Ici, encore, on n'est pas trop malheureux pour le moment, parce qu'ils ne font pas de mal et qu'ils travaillent comme s'ils étaient dans leurs maisons. Voyez-vous, monsieur, entre pauvres gens, faut bien qu'on s'aide... C'est les grands qui font la guerre. »

1. Employé laïque d'une église, qui s'occupe généralement des questions matérielles.
2. Les Prussiens avaient une réputation de sévérité et de dureté, alors que les officiers allemands qui combattaient à leurs côtés semblaient moins haineux.

Cornudet, indigné de l'entente cordiale[1] établie entre les vainqueurs et les vaincus, se retira, préférant s'enfermer dans l'auberge. Loiseau eut un mot pour rire : « Ils repeuplent. » M. Carré-Lamadon eut un mot grave : « Ils réparent. » Mais on ne trouvait pas le cocher. À la fin on le découvrit dans le café du village, attablé fraternellement avec l'ordonnance[2] de l'officier. Le comte l'interpella :

« Ne vous avait-on pas donné l'ordre d'atteler pour huit heures ?

— Ah bien oui, mais on m'en a donné un autre depuis.

— Lequel ?

— De ne pas atteler du tout.

— Qui vous a donné cet ordre ?

— Ma foi ! le commandant prussien.

— Pourquoi ?

— Je n'en sais rien. Allez lui demander. On me défend d'atteler, moi je n'attelle pas. – Voilà.

— C'est lui-même qui vous a dit cela ?

— Non, monsieur, c'est l'aubergiste qui m'a donné l'ordre de sa part.

— Quand ça ?

1. Maupassant emploie ici sans guillemets une expression toute faite : « l'entente cordiale » est en effet l'expression qui désigne les relations harmonieuses qu'ont entretenues la France et l'Angleterre pendant le règne de Louis-Philippe.
2. L'ordonnance est un cavalier qui sert de messager à un officier.

— Hier soir, comme j'allais me coucher. »

Les trois hommes rentrèrent fort inquiets.

On demanda M. Follenvie, mais la servante répondit que Monsieur, à cause de son asthme, ne se levait jamais avant dix heures. Il avait même formellement défendu de le réveiller plus tôt, excepté en cas d'incendie.

On voulut voir l'officier, mais cela était impossible absolument, bien qu'il logeât dans l'auberge. M. Follenvie seul était autorisé à lui parler pour les affaires civiles. Alors on attendit. Les femmes remontèrent dans leurs chambres, et des futilités les occupèrent.

Cornudet s'installa sous la haute cheminée de la cuisine où flambait un grand feu. Il se fit apporter là une des petites tables du café, une canette[1], et il tira sa pipe qui jouissait parmi les démocrates d'une considération presque égale à la sienne, comme si elle avait servi la patrie en servant à Cornudet. C'était une superbe pipe en écume admirablement culottée, aussi noire que les dents de son maître, mais parfumée, recourbée, luisante, familière à sa main, et complétant sa physionomie. Et il demeura immobile, les yeux tantôt fixés sur la flamme du foyer, tantôt sur la mousse qui couronnait sa chope ; et chaque fois qu'il avait bu, il passait d'un air satisfait ses longs doigts

1. Petite bouteille de bière avec un bouchon en porcelaine.

maigres dans ses longs cheveux gras pendant qu'il humait sa moustache frangée d'écume.

Loiseau, sous prétexte de se dégourdir les jambes, alla placer du vin aux débitants du pays. Le comte et le manufacturier se mirent à causer politique. Ils prévoyaient l'avenir de la France. L'un croyait aux d'Orléans, l'autre à un sauveur inconnu, un héros qui se révélerait quand tout serait désespéré : un Du Guesclin[1], une Jeanne d'Arc peut-être ? ou un autre Napoléon Ier ? Ah ! si le prince impérial n'était pas si jeune[2] ! Cornudet, les écoutant, souriait en homme qui sait le mot des destinées. Sa pipe embaumait la cuisine.

Comme dix heures sonnaient, M. Follenvie parut. On l'interrogea bien vite ; mais il ne put que répéter deux ou trois fois, sans une variante, ces paroles : « L'officier m'a dit comme ça : "Monsieur Follenvie, vous défendrez qu'on attelle demain la voiture de ces voyageurs. Je ne veux pas qu'ils partent sans mon ordre. Vous entendez. Ça suffit." »

Alors on voulut voir l'officier. Le comte lui envoya sa carte où M. Carré-Lamadon ajouta son nom et

1. Noble breton qui s'est illustré dans de nombreuses batailles au XIVe siècle. Il était notamment réputé pour son habileté et son caractère belliqueux.
2. Le prince impérial est le nom du fils de Napoléon III, alors âgé de quatorze ans. M. Carré-Lamadon est censé être dans l'opposition au régime de Napoléon III et regrette que son fils ne soit pas assez âgé pour s'emparer du pouvoir…

tous ses titres. Le Prussien fit répondre qu'il admettrait ces deux hommes à lui parler quand il aurait déjeuné, c'est-à-dire vers une heure.

Les dames reparurent et l'on mangea quelque peu, malgré l'inquiétude. Boule de Suif semblait malade et prodigieusement troublée.

On achevait le café quand l'ordonnance vint chercher ces messieurs.

Loiseau se joignit aux deux premiers ; comme on essayait d'entraîner Cornudet pour donner plus de solennité à leur démarche, il déclara fièrement qu'il entendait n'avoir jamais aucun rapport avec les Allemands ; et il se remit dans sa cheminée, demandant une autre canette.

Les trois hommes montèrent et furent introduits dans la plus belle chambre de l'auberge où l'officier les reçut, étendu dans un fauteuil, les pieds sur la cheminée, fumant une longue pipe de porcelaine, et enveloppé par une robe de chambre flamboyante, dérobée sans doute dans la demeure abandonnée de quelque bourgeois de mauvais goût. Il ne se leva pas, ne les salua pas, ne les regarda pas. Il présentait un magnifique échantillon de la goujaterie naturelle au militaire victorieux.

Au bout de quelques instants il dit enfin :

« Qu'est-ce que fous foulez ? »

Le comte prit la parole : « Nous désirons partir, monsieur.

— Non.

— Oserai-je vous demander la cause de ce refus ?

— Parce que che ne feux pas.

— Je vous ferai respectueusement observer, monsieur, que votre général en chef nous a délivré une permission de départ pour gagner Dieppe ; et je ne pense pas que nous ayons rien fait pour mériter vos rigueurs.

— Che ne feux pas... foilà tout... Fous poufez tescentre. »

S'étant inclinés tous les trois ils se retirèrent.

L'après-midi fut lamentable. On ne comprenait rien à ce caprice d'Allemand et les idées les plus singulières troublaient les têtes. Tout le monde se tenait dans la cuisine, et l'on discutait sans fin, imaginant des choses invraisemblables. On voulait peut-être les garder comme otages – mais dans quel but ? – ou les emmener prisonniers ? ou, plutôt, leur demander une rançon considérable ? À cette pensée une panique les affola. Les plus riches étaient les plus épouvantés, se voyant déjà contraints, pour racheter leur vie, de verser des sacs pleins d'or entre les mains de ce soldat insolent. Ils se creusaient la cervelle pour découvrir des mensonges acceptables, dissimuler leurs richesses, se faire passer pour pauvres, très pauvres. Loiseau enleva sa chaîne de montre et la cacha dans sa poche. La nuit qui tombait augmenta les appréhensions. La lampe fut allumée, et comme on avait encore deux

heures avant le dîner, Mme Loiseau proposa une partie de trente-et-un[1]. Ce serait une distraction. On accepta. Cornudet lui-même, ayant éteint sa pipe par politesse, y prit part.

Le comte battit les cartes – donna – Boule de Suif avait trente-et-un d'emblée ; et bientôt l'intérêt de la partie apaisa la crainte qui hantait les esprits. Mais Cornudet s'aperçut que le ménage Loiseau s'entendait pour tricher.

Comme on allait se mettre à table, M. Follenvie reparut ; et de sa voix graillonnante il prononça : « L'officier prussien fait demander à Mlle Élisabeth Rousset si elle n'a pas encore changé d'avis. »

Boule de Suif resta debout, toute pâle ; puis, devenant subitement cramoisie, elle eut un tel étouffement de colère qu'elle ne pouvait plus parler. Enfin elle éclata : « Vous lui direz à cette crapule, à ce saligaud, à cette charogne de Prussien, que jamais je ne voudrai ; vous entendez bien, jamais, jamais, jamais. »

Le gros aubergiste sortit. Alors Boule de Suif fut entourée, interrogée, sollicitée par tout le monde de dévoiler le mystère de sa visite. Elle résista d'abord ; mais l'exaspération l'emporta bientôt : « Ce qu'il veut ?... ce qu'il veut ?... Il veut coucher avec moi ! » cria-t-elle. Personne ne se choqua du mot, tant

1. Jeu où le gagnant est celui dont le total des cartes se rapproche le plus possible de 31 points. Boule de Suif atteint le score idéal tout de suite, sa chance n'est qu'une ironie du sort.

l'indignation fut vive. Cornudet brisa sa chope en la reposant violemment sur la table. C'était une clameur de réprobation contre ce soudard ignoble, un souffle de colère, une union de tous pour la résistance, comme si l'on eût demandé à chacun une partie du sacrifice exigé d'elle. Le comte déclara avec dégoût que ces gens-là se conduisaient à la façon des anciens barbares. Les femmes surtout témoignèrent à Boule de Suif une commisération énergique et caressante. Les bonnes sœurs, qui ne se montraient qu'aux repas, avaient baissé la tête et ne disaient rien.

On dîna néanmoins lorsque la première fureur fut apaisée ; mais on parla peu, on songeait.

Les dames se retirèrent de bonne heure ; et les hommes, tout en fumant, organisèrent un écarté[1] auquel fut convié M. Follenvie qu'on avait l'intention d'interroger habilement sur les moyens à employer pour vaincre la résistance de l'officier. Mais il ne songeait qu'à ses cartes, sans rien écouter, sans rien répondre ; et il répétait sans cesse : « Au jeu, messieurs, au jeu. » Son attention était si tendue qu'il en oubliait de cracher, ce qui lui mettait parfois des points d'orgue[2] dans la poitrine. Ses poumons sifflants donnaient toute la

1. Jeu de cartes où chaque joueur a le droit, si les autres acceptent, d'écarter les cartes qui ne lui conviennent pas et d'en recevoir d'autres.
2. En musique, prolongations d'une note, laissées à l'appréciation du musicien.

gamme de l'asthme, depuis les notes graves et profondes jusqu'aux enrouements aigus des jeunes coqs essayant de chanter.

Il refusa même de monter, quand sa femme, qui tombait de sommeil, vint le chercher. Alors elle partit toute seule, car elle était « du matin », toujours levée avec le soleil, tandis que son homme était « du soir », toujours prêt à passer la nuit avec des amis. Il lui cria : « Tu placeras mon lait de poule[1] devant le feu », et se remit à sa partie. Quand on vit bien qu'on n'en pourrait rien tirer on déclara qu'il était temps de s'en aller, et chacun gagna son lit.

On se leva encore d'assez bonne heure le lendemain avec un espoir indéterminé, un désir plus grand de s'en aller, une terreur du jour à passer dans cette horrible petite auberge.

Hélas ! les chevaux restaient à l'écurie, le cocher demeurait invisible. On alla, par désœuvrement, tourner autour de la voiture.

Le déjeuner fut bien triste ; et il s'était produit comme un refroidissement vis-à-vis de Boule de Suif, car la nuit, qui porte conseil, avait un peu modifié les jugements. On en voulait presque à cette fille, maintenant, de n'avoir pas été trouver secrètement le Prussien, afin de ménager, au réveil, une bonne

1. Le lait de poule est une boisson populaire et nourrissante puisque c'est un lait chaud dans lequel ont été battus du sucre et un jaune d'œuf.

surprise à ses compagnons. Quoi de plus simple ? Qui l'eût su, d'ailleurs ? Elle aurait pu sauver les apparences en faisant dire à l'officier qu'il prenait en pitié leur détresse. Pour elle ça avait si peu d'importance !
Mais personne n'avouait encore ces pensées.

Dans l'après-midi, comme on s'ennuyait à périr, le comte proposa de faire une promenade aux alentours du village. Chacun s'enveloppa avec soin et la petite société partit, à l'exception de Cornudet, qui préférait rester près du feu, et des bonnes sœurs, qui passaient leurs journées dans l'église ou chez le curé.

Le froid, plus intense de jour en jour, piquait cruellement le nez et les oreilles ; les pieds devenaient si douloureux que chaque pas était une souffrance ; et lorsque la campagne se découvrit, elle leur apparut si effroyablement lugubre sous cette blancheur illimitée que tout le monde aussitôt retourna, l'âme glacée et le cœur serré.

Les quatre femmes marchaient devant, les trois hommes suivaient, un peu derrière.

Loiseau, qui comprenait la situation, demanda tout à coup si cette « garce-là » allait les faire rester longtemps encore dans un pareil endroit. Le comte, toujours courtois, dit qu'on ne pouvait exiger d'une femme un sacrifice aussi pénible, et qu'il devait venir d'elle-même. M. Carré-Lamadon remarqua que si les Français faisaient, comme il en était question, un retour offensif par Dieppe, la rencontre

ne pourrait avoir lieu qu'à Tôtes. Cette réflexion rendit les deux autres soucieux. « Si l'on se sauvait à pied », dit Loiseau. Le comte haussa les épaules : « Y songez-vous, dans cette neige ? avec nos femmes ? Et puis nous serions tout de suite poursuivis, rattrapés en dix minutes, et ramenés prisonniers à la merci des soldats. » C'était vrai ; on se tut.

Les dames parlaient toilette ; mais une certaine contrainte semblait les désunir.

Tout à coup, au bout de la rue, l'officier parut. Sur la neige qui fermait l'horizon il profilait sa grande taille de guêpe en uniforme, et marchait, les genoux écartés, de ce mouvement particulier aux militaires qui s'efforcent de ne point maculer leurs bottes soigneusement cirées.

Il s'inclina en passant près des dames, et regarda dédaigneusement les hommes qui eurent, du reste, la dignité de ne se point découvrir, bien que Loiseau ébauchât un geste pour retirer sa coiffure.

Boule de Suif était devenue rouge jusqu'aux oreilles ; et les trois femmes mariées ressentaient une grande humiliation d'être ainsi rencontrées par ce soldat, dans la compagnie de cette fille qu'il avait si cavalièrement traitée.

Alors on parla de lui, de sa tournure, de son visage. Mme Carré-Lamadon, qui avait connu beaucoup d'officiers et qui les jugeait en connaisseur, trouvait celui-là pas mal du tout ; elle regrettait

même qu'il ne fût pas Français, parce qu'il ferait un fort joli hussard dont toutes les femmes assurément raffoleraient.

Une fois rentrés, on ne sut plus que faire. Des paroles aigres furent même échangées à propos de choses insignifiantes. Le dîner silencieux dura peu, et chacun monta se coucher, espérant dormir pour tuer le temps.

On descendit le lendemain avec des visages fatigués et des cœurs exaspérés. Les femmes parlaient à peine à Boule de Suif.

Une cloche tinta. C'était pour un baptême. La grosse fille avait un enfant élevé chez des paysans d'Yvetot[1]. Elle ne le voyait pas une fois l'an, et n'y songeait jamais ; mais la pensée de celui qu'on allait baptiser lui jeta au cœur une tendresse subite et violente pour le sien, et elle voulut absolument assister à la cérémonie.

Aussitôt qu'elle fut partie, tout le monde se regarda, puis on rapprocha les chaises, car on sentait bien qu'à la fin il fallait décider quelque chose. Loiseau eut une inspiration : il était d'avis de proposer à l'officier de garder Boule de Suif toute seule, et de laisser partir les autres.

1. Au XIXe siècle, il est fréquent de laisser son enfant grandir chez une nourrice à la campagne. Les nobles le font, mais c'est aussi la condition des mères pauvres et des prostituées.

M. Follenvie se chargea encore de la commission, mais il redescendit presque aussitôt. L'Allemand, qui connaissait la nature humaine, l'avait mis à la porte. Il prétendait retenir tout le monde tant que son désir ne serait pas satisfait.

Alors le tempérament populacier de Mme Loiseau éclata : « Nous n'allons pourtant pas mourir de vieillesse ici. Puisque c'est son métier, à cette gueuse, de faire ça avec tous les hommes, je trouve qu'elle n'a pas le droit de refuser l'un plutôt que l'autre. Je vous demande un peu, ça a pris tout ce qu'elle a trouvé dans Rouen, même des cochers ! oui, madame, le cocher de la préfecture ! Je le sais bien, moi, il achète son vin à la maison. Et aujourd'hui qu'il s'agit de nous tirer d'embarras, elle fait la mijaurée, cette morveuse !... Moi, je trouve qu'il se conduit très bien, cet officier. Il est peut-être privé depuis longtemps ; et nous étions là trois qu'il aurait sans doute préférées. Mais non, il se contente de celle à tout le monde. Il respecte les femmes mariées. Songez donc, il est le maître. Il n'avait qu'à dire : "Je veux", et il pouvait nous prendre de force avec ses soldats. »

Les deux femmes eurent un petit frisson. Les yeux de la jolie Mme Carré-Lamadon brillaient, et elle était un peu pâle, comme si elle se sentait déjà prise de force par l'officier.

Les hommes, qui discutaient à l'écart, se rapprochèrent. Loiseau, furibond, voulait livrer « cette

misérable » pieds et poings liés à l'ennemi. Mais le comte, issu de trois générations d'ambassadeurs, et doué d'un physique de diplomate, était partisan de l'habileté : « Il faudrait la décider », dit-il.

Alors on conspira.

Les femmes se serrèrent, le ton de la voix fut baissé, et la discussion devint générale, chacun donnant son avis. C'était fort convenable du reste. Ces dames surtout trouvaient des délicatesses de tournures, des subtilités d'expression charmantes, pour dire les choses les plus scabreuses[1]. Un étranger n'aurait rien compris tant les précautions du langage étaient observées. Mais la légère tranche de pudeur dont est bardée toute femme du monde ne recouvrant que la surface, elles s'épanouissaient dans cette aventure polissonne, s'amusaient follement au fond, se sentant dans leur élément, tripotant de l'amour avec la sensualité d'un cuisinier gourmand qui prépare le souper d'un autre.

La gaieté revenait d'elle-même, tant l'histoire leur semblait drôle à la fin. Le comte trouva des plaisanteries un peu risquées, mais si bien dites qu'elles faisaient sourire. À son tour Loiseau lâcha quelques grivoiseries[2] plus raides dont on ne se blessa point ; et la pensée brutalement exprimée par sa femme

1. Les « choses scabreuses » sont indécentes, elles choquent la pudeur.
2. La grivoiserie est une gaieté qui se permet des plaisanteries pleines de sous-entendus, sans tomber dans la vulgarité.

dominait tous les esprits : « Puisque c'est son métier à cette fille, pourquoi refuserait-elle celui-là plus qu'un autre ? » La gentille Mme Carré-Lamadon semblait même penser qu'à sa place elle refuserait celui-là moins qu'un autre.

On prépara longuement le blocus, comme pour une forteresse investie. Chacun convint du rôle qu'il jouerait, des arguments dont il s'appuierait, des manœuvres qu'il devrait exécuter. On régla le plan des attaques, les ruses à employer, et les surprises de l'assaut, pour forcer cette citadelle vivante à recevoir l'ennemi dans la place.

Cornudet cependant restait à l'écart, complètement étranger à cette affaire.

Une attention si profonde tendait les esprits, qu'on n'entendit point rentrer Boule de Suif. Mais le comte souffla un léger : « Chut » qui fit relever tous les yeux. Elle était là. On se tut brusquement et un certain embarras empêcha d'abord de lui parler. La comtesse, plus assouplie que les autres aux duplicités des salons, l'interrogea : « Était-ce amusant, ce baptême ? »

La grosse fille, encore émue, raconta tout, et les figures, et les attitudes, et l'aspect même de l'église. Elle ajouta : « C'est si bon de prier quelquefois. »

Cependant, jusqu'au déjeuner, ces dames se contentèrent d'être aimables avec elle, pour augmenter sa confiance et sa docilité à leurs conseils.

Aussitôt à table, on commença les approches. Ce fut d'abord une conversation vague sur le dévouement. On cita des exemples anciens : Judith et Holopherne[1], puis, sans aucune raison, Lucrèce avec Sextus, Cléopâtre faisant passer par sa couche tous les généraux ennemis, et les y réduisant à des servilités d'esclave. Alors se déroula une histoire fantaisiste, éclose dans l'imagination de ces millionnaires ignorants, où les citoyennes de Rome allaient endormir à Capoue Annibal entre leurs bras, et, avec lui, ses lieutenants, et les phalanges[2] des mercenaires. On cita toutes les femmes qui ont arrêté des conquérants, fait de leur corps un champ de bataille, un moyen de dominer, une arme, qui ont vaincu par leurs caresses héroïques des êtres hideux ou détestés, et sacrifié leur chasteté à la vengeance et au dévouement.

On parla même en termes voilés de cette Anglaise de grande famille qui s'était laissé inoculer une horrible et contagieuse maladie pour la transmettre à

1. Toutes les références utilisées par les personnages dans le passage suivant sont commentées dans le Dossier (voir p. 188-189). Judith a séduit Holopherne pour le décapiter et libérer sa ville, Béthulie. Mais le rapprochement avec Lucrèce est douteux, car il s'agit d'une jeune femme violée par un Romain, Sextus. Elle choisit de se suicider afin de ne pas vivre sans honneur.

2. Les phalanges désignaient les formations de combat dans l'armée grecque. Hannibal, lui, était carthaginois et la légende veut que les plaisirs variés qu'il rencontra à Capoue furent à l'origine des défaites militaires qu'il essuya après son occupation de la ville italienne.

Bonaparte sauvé miraculeusement, par une faiblesse subite, à l'heure du rendez-vous fatal.

Et tout cela était raconté d'une façon convenable et modérée, où parfois éclatait un enthousiasme voulu propre à exciter l'émulation.

On aurait pu croire, à la fin, que le seul rôle de la femme, ici-bas, était un perpétuel sacrifice de sa personne, un abandon continu aux caprices des soldatesques.

Les deux bonnes sœurs ne semblaient point entendre, perdues en des pensées profondes. Boule de Suif ne disait rien.

Pendant toute l'après-midi on la laissa réfléchir. Mais, au lieu de l'appeler « madame » comme on avait fait jusque-là, on lui disait simplement « mademoiselle », sans que personne sût bien pourquoi, comme si l'on avait voulu la faire descendre d'un degré dans l'estime qu'elle avait escaladée, lui faire sentir sa situation honteuse.

Au moment où l'on servit le potage, M. Follenvie reparut, répétant sa phrase de la veille : « L'officier prussien fait demander à Mlle Élisabeth Rousset si elle n'a point encore changé d'avis. »

Boule de Suif répondit sèchement : « Non, monsieur. »

Mais au dîner la coalition faiblit. Loiseau eut trois phrases malheureuses. Chacun se battait les flancs pour découvrir des exemples nouveaux et ne

trouvait rien, quand la comtesse, sans préméditation peut-être, éprouvant un vague besoin de rendre hommage à la Religion, interrogea la plus âgée des bonnes sœurs sur les grands faits de la vie des saints. Or beaucoup avaient commis des actes qui seraient des crimes à nos yeux ; mais l'Église absout sans peine ces forfaits quand ils sont accomplis pour la gloire de Dieu, ou pour le bien du prochain. C'était un argument puissant ; la comtesse en profita. Alors, soit par une de ces ententes tacites, de ces complaisances voilées, où excelle quiconque porte un habit ecclésiastique, soit simplement par l'effet d'une inintelligence heureuse, d'une secourable bêtise, la vieille religieuse apporta à la conspiration un formidable appui. On la croyait timide, elle se montra hardie, verbeuse, violente. Celle-là n'était pas troublée par les tâtonnements de la casuistique[1] ; sa doctrine semblait une barre de fer ; sa foi n'hésitait jamais ; sa conscience n'avait point de scrupules. Elle trouvait tout simple le sacrifice d'Abraham[2], car elle aurait immédiatement tué père et mère sur un ordre venu d'en haut ; et rien, à son avis, ne pouvait déplaire au Seigneur

1. Partie de la théologie morale qui s'occupe des cas de conscience. Par extension, la casuistique désigne l'habileté complaisante qui vise à tordre la morale dans le sens qui convient à ses intérêts propres.
2. Dans la Bible, il est écrit qu'Abraham reçut de Dieu l'ordre de sacrifier son fils en témoignage de sa foi. Le père était sur le point d'obéir quand un ange arrêta son bras armé.

quand l'intention était louable. La comtesse, mettant à profit l'autorité sacrée de sa complice inattendue, lui fit faire comme une paraphrase édifiante de cet axiome de morale : « La fin justifie les moyens. »

Elle l'interrogeait.

« Alors, ma sœur, vous pensez que Dieu accepte toutes les voies, et pardonne le fait quand le motif est pur ?

— Qui pourrait en douter, madame ? Une action blâmable en soi devient souvent méritoire par la pensée qui l'inspire. »

Et elles continuaient ainsi, démêlant les volontés de Dieu, prévoyant ses décisions, le faisant s'intéresser à des choses qui, vraiment, ne le regardaient guère.

Tout cela était enveloppé, habile, discret. Mais chaque parole de la sainte fille en cornette faisait brèche dans la résistance indignée de la courtisane. Puis, la conversation se détournant un peu, la femme aux chapelets pendants parla des maisons de son ordre, de sa supérieure, d'elle-même, et de sa mignonne voisine la chère sœur Saint-Nicéphore. On les avait demandées au Havre pour soigner dans les hôpitaux des centaines de soldats atteints de la petite vérole. Elle les dépeignit, ces misérables, détailla leur maladie. Et tandis qu'elles étaient arrêtées en route par les caprices de ce Prussien, un grand nombre de Français pouvaient mourir qu'elles

auraient sauvés peut-être ! C'était sa spécialité, à elle, de soigner les militaires ; elle avait été en Crimée, en Italie, en Autriche, et, racontant ses campagnes, elle se révéla tout à coup une de ces religieuses à tambours et à trompettes qui semblent faites pour suivre les camps, ramasser des blessés dans les remous des batailles, et, mieux qu'un chef, dompter d'un mot les grands soudards indisciplinés ; une vraie bonne sœur Ran-tan-plan[1] dont la figure ravagée, crevée de trous sans nombre, paraissait une image des dévastations de la guerre.

Personne ne dit rien après elle, tant l'effet semblait excellent.

Aussitôt le repas terminé on remonta bien vite dans les chambres pour ne descendre, le lendemain, qu'assez tard dans la matinée.

Le déjeuner fut tranquille. On donnait à la graine semée la veille le temps de germer et de pousser ses fruits.

La comtesse proposa de faire une promenade dans l'après-midi ; alors le comte, comme il était convenu, prit le bras de Boule de Suif, et demeura derrière les autres, avec elle.

Il lui parla de ce ton familier, paternel, un peu dédaigneux, que les hommes posés emploient avec les

1. Onomatopée par laquelle on désigne le roulement du tambour de guerre.

filles, l'appelant : « ma chère enfant », la traitant du haut de sa position sociale, de son honorabilité indiscutée. Il pénétra tout de suite au vif de la question :

« Donc vous préférez nous laisser ici, exposés comme vous-même à toutes les violences qui suivraient un échec des troupes prussiennes, plutôt que de consentir à une de ces complaisances que vous avez eues si souvent en votre vie ? »

Boule de Suif ne répondit rien.

Il la prit par la douceur, par le raisonnement, par les sentiments. Il sut rester « monsieur le comte », tout en se montrant galant quand il le fallut, complimenteur, aimable enfin. Il exalta le service qu'elle leur rendrait, parla de leur reconnaissance ; puis soudain, la tutoyant gaiement : « Et tu sais, ma chère, il pourrait se vanter d'avoir goûté d'une jolie fille comme il n'en trouvera pas beaucoup dans son pays. »

Boule de Suif ne répondit pas et rejoignit la société.

Aussitôt rentrée, elle monta chez elle et ne reparut plus. L'inquiétude était extrême. Qu'allait-elle faire ? Si elle résistait, quel embarras !

L'heure du dîner sonna ; on l'attendit en vain. M. Follenvie, entrant alors, annonça que Mlle Rousset se sentait indisposée, et qu'on pouvait se mettre à table. Tout le monde dressa l'oreille. Le comte s'approcha de l'aubergiste, et, tout bas : « Ça y est ? — Oui. » Par convenance, il ne dit rien à ses compagnons, mais il leur fit seulement un léger signe

de la tête. Aussitôt un grand soupir de soulagement sortit de toutes les poitrines, une allégresse parut sur les visages. Loiseau cria : « Saperlipopette ! je paye du champagne si l'on en trouve dans l'établissement » ; et Mme Loiseau eut une angoisse lorsque le patron revint avec quatre bouteilles aux mains. Chacun était devenu subitement communicatif et bruyant ; une joie égrillarde emplissait les cœurs. Le comte parut s'apercevoir que Mme Carré-Lamadon était charmante, le manufacturier fit des compliments à la comtesse. La conversation fut vive, enjouée, pleine de traits.

Tout à coup, Loiseau, la face anxieuse et levant les bras, hurla : « Silence ! » Tout le monde se tut, surpris, presque effrayé déjà. Alors il tendit l'oreille en faisant « Chut ! » des deux mains, leva les yeux vers le plafond, écouta de nouveau, et reprit, de sa voix naturelle : « Rassurez-vous, tout va bien. »

On hésitait à comprendre, mais bientôt un sourire passa.

Au bout d'un quart d'heure il recommença la même farce, la renouvela souvent dans la soirée ; et il faisait semblant d'interpeller quelqu'un à l'étage au-dessus, en lui donnant des conseils à double sens puisés dans son esprit de commis voyageur[1].

1. L'esprit de « commis voyageur » est une expression pour désigner un esprit peu spirituel, qui manque de finesse dans ses plaisanteries.

Par moments il prenait un air triste pour soupirer : « Pauvre fille ! » ou bien il murmurait entre ses dents d'un air rageur : « Gueux de Prussien, va ! » Quelquefois, au moment où l'on n'y songeait plus, il poussait d'une voix vibrante plusieurs : « Assez ! assez ! » et ajoutait, comme se parlant à lui-même : « Pourvu que nous la revoyions ; qu'il ne l'en fasse pas mourir, le misérable ! »

Bien que ces plaisanteries fussent d'un goût déplorable, elles amusaient et ne blessaient personne, car l'indignation dépend des milieux comme le reste, et l'atmosphère qui s'était peu à peu créée autour d'eux était chargée de pensées grivoises.

Au dessert, les femmes elles-mêmes firent des allusions spirituelles et discrètes. Les regards luisaient ; on avait bu beaucoup. Le comte, qui conservait même en ses écarts sa grande apparence de gravité, trouva une comparaison fort goûtée sur la fin des hivernages au pôle et la joie des naufragés qui voient s'ouvrir une route vers le sud.

Loiseau, lancé, se leva, un verre de champagne à la main : « Je bois à notre délivrance ! » Tout le monde fut debout ; on l'acclamait. Les deux bonnes sœurs, elles-mêmes, sollicitées par ces dames, consentirent à tremper leurs lèvres dans ce vin mousseux dont elles n'avaient jamais goûté. Elles déclarèrent que cela ressemblait à la limonade gazeuse, mais que c'était plus fin cependant.

Loiseau résuma la situation.

« C'est malheureux de ne pas avoir de piano parce qu'on pourrait pincer un quadrille[1]. »

Cornudet n'avait pas dit un mot, pas fait un geste ; il paraissait même plongé dans des pensées très graves, et tirait parfois, d'un geste furieux, sa grande barbe qu'il semblait vouloir allonger encore. Enfin, vers minuit, comme on allait se séparer, Loiseau qui titubait, lui tapa soudain sur le ventre et lui dit en bredouillant : « Vous n'êtes pas farce[2], vous, ce soir ; vous ne dites rien, citoyen ? » Mais Cornudet releva brusquement la tête, et parcourant la société d'un regard luisant et terrible : « Je vous dis à tous que vous venez de faire une infamie ! » Il se leva, gagna la porte, répéta encore une fois : « Une infamie ! » et disparut.

Cela jeta un froid d'abord. Loiseau interloqué restait bête ; mais il reprit son aplomb, puis, tout à coup, se tordit en répétant : « Ils sont trop verts mon vieux, ils sont trop verts. » Comme on ne comprenait pas, il raconta les « mystères du corridor ». Alors il y eut une reprise de gaieté formidable. Ces dames s'amusaient comme des folles. Le comte et M. Carré-Lamadon pleuraient à force de rire. Ils ne pouvaient croire.

1. « Pincer un quadrille » signifie, dans le langage familier de Loiseau, exécuter une contredanse en couples.
2. Employé en adjectif, pour dire que la personne n'est pas d'humeur à la farce, c'est-à-dire que sa compagnie n'est pas plaisante.

« Comment. Vous êtes sûr ? Il voulait…

— Je vous dis que je l'ai vu.

— Et, elle a refusé…

— Parce que le Prussien était dans la chambre à côté.

— Pas possible ?

— Je vous le jure. »

Le comte étouffait. L'industriel se comprimait le ventre à deux mains. Loiseau continuait :

« Et, vous comprenez, ce soir, il ne la trouve pas drôle, mais pas du tout. »

Et tous les trois repartaient, malades, essoufflés, toussant.

On se sépara là-dessus. Mais Mme Loiseau, qui était de la nature des orties, fit remarquer à son mari, au moment où ils se couchaient, que « cette chipie » de petite Carré-Lamadon avait ri jaune toute la soirée : « Tu sais, les femmes, quand ça en tient pour l'uniforme, qu'il soit Français ou bien Prussien ça leur est, ma foi, bien égal. Si ce n'est pas une pitié, Seigneur Dieu ! »

Et toute la nuit, dans l'obscurité du corridor coururent comme des frémissements, des bruits légers, à peine sensibles, pareils à des souffles, des effleurements de pieds nus, d'imperceptibles craquements. Et l'on ne dormit que très tard, assurément, car des filets de lumière glissèrent longtemps sous les portes. Le champagne a de ces effets-là ; il trouble, dit-on, le sommeil.

Le lendemain, un clair soleil d'hiver rendait la neige éblouissante. La diligence, attelée enfin, attendait devant la porte, tandis qu'une armée de pigeons blancs, rengorgés dans leurs plumes épaisses, avec un œil rose, taché, au milieu, d'un point noir, se promenaient gravement entre les jambes des six chevaux, et cherchaient leur vie dans le crottin fumant qu'ils éparpillaient.

Le cocher, enveloppé dans sa peau de mouton, grillait une pipe sur le siège, et tous les voyageurs radieux faisaient rapidement empaqueter des provisions pour le reste du voyage.

On n'attendait plus que Boule de Suif. Elle parut.

Elle semblait un peu troublée, honteuse ; et elle s'avança timidement vers ses compagnons, qui, tous, d'un même mouvement, se détournèrent comme s'ils ne l'avaient pas aperçue. Le comte prit avec dignité le bras de sa femme et l'éloigna de ce contact impur.

La grosse fille s'arrêta, stupéfaite ; alors, ramassant tout son courage, elle aborda la femme du manufacturier d'un « bonjour, madame » humblement murmuré. L'autre fit de la tête seule un petit salut impertinent qu'elle accompagna d'un regard de vertu outragée. Tout le monde semblait affairé, et l'on se tenait loin d'elle comme si elle eût apporté une infection dans ses jupes. Puis on se précipita vers la voiture, où elle arriva seule, la dernière, et reprit en silence la place qu'elle avait occupée pendant la première partie de la route.

On semblait ne pas la voir, ne pas la connaître ; mais Mme Loiseau, la considérant de loin avec indignation, dit à mi-voix à son mari : « Heureusement que je ne suis pas à côté d'elle. »

La lourde voiture s'ébranla, et le voyage recommença.

On ne parla point d'abord. Boule de Suif n'osait pas lever les yeux. Elle se sentait en même temps indignée contre tous ses voisins, et humiliée d'avoir cédé, souillée par les baisers de ce Prussien entre les bras duquel on l'avait hypocritement jetée.

Mais la comtesse, se tournant vers Mme Carré-Lamadon, rompit bientôt ce pénible silence.

« Vous connaissez, je crois, Mme d'Étrelles ?

— Oui, c'est une de mes amies.

— Quelle charmante femme !

— Ravissante ! Une vraie nature d'élite, fort instruite d'ailleurs, et artiste jusqu'au bout des doigts ; elle chante à ravir et dessine dans la perfection. »

Le manufacturier causait avec le comte, et au milieu du fracas des vitres un mot parfois jaillissait : « Coupon – échéance – prime – à terme[1]. »

Loiseau, qui avait chipé le vieux jeu de cartes de l'auberge engraissé par cinq ans de frottement sur

1. Tout ce vocabulaire est celui de la finance. Le « coupon » est l'intérêt que rapporte un placement mobilier, intérêt que le propriétaire récupère au moment de l'« échéance ». La « prime » est l'argent perçu comme bénéfice d'un placement, immobilier ou boursier. Enfin, le « terme » est la date d'un paiement quel qu'il soit.

les tables mal essuyées, attaqua un bésigue[1] avec sa femme.

Les bonnes sœurs prirent à leur ceinture le long rosaire qui pendait, firent ensemble le signe de la croix, et tout à coup leurs lèvres se mirent à remuer vivement, se hâtant de plus en plus, précipitant leur vague murmure comme pour une course d'*oremus*[2] ; et de temps en temps elles baisaient une médaille, se signaient de nouveau, puis recommençaient leur marmottement rapide et continu.

Cornudet songeait, immobile.

Au bout de trois heures de route, Loiseau ramassa ses cartes : « Il fait faim », dit-il.

Alors sa femme atteignit un paquet ficelé d'où elle fit sortir un morceau de veau froid. Elle le découpa proprement par tranches minces et fermes, et tous deux se mirent à manger.

« Si nous en faisions autant », dit la comtesse. On y consentit et elle déballa les provisions préparées pour les deux ménages. C'était, dans un de ces vases allongés dont le couvercle porte un lièvre en faïence, pour indiquer qu'un lièvre en pâté gît au-dessous, une charcuterie succulente, où de blanches rivières de lard traversaient la chair brune du gibier, mêlée

1. Jeu qui nécessite deux paquets de cartes.
2. *Oremus* en latin signifie : « Prions. » Maupassant, comme d'autres à son époque, utilise l'impératif latin pour désigner l'acte de la prière.

à d'autres viandes hachées fin. Un beau carré de gruyère, apporté dans un journal, gardait imprimé : « faits divers » sur sa pâte onctueuse.

Les deux bonnes sœurs développèrent un rond de saucisson qui sentait l'ail ; et Cornudet, plongeant les deux mains en même temps dans les vastes poches de son paletot sac[1], tira de l'une quatre œufs durs et de l'autre le croûton d'un pain. Il détacha la coque, la jeta sous ses pieds dans la paille et se mit à mordre à même les œufs, faisant tomber sur sa vaste barbe des parcelles de jaune clair qui semblaient, là-dedans, des étoiles.

Boule de Suif, dans la hâte et l'effarement de son lever, n'avait pu songer à rien ; et elle regardait, exaspérée, suffoquant de rage, tous ces gens qui mangeaient placidement. Une colère tumultueuse la crispa d'abord, et elle ouvrit la bouche pour leur crier leur fait avec un flot d'injures qui lui montait aux lèvres ; mais elle ne pouvait pas parler tant l'exaspération l'étranglait.

Personne ne la regardait, ne songeait à elle. Elle se sentait noyée dans le mépris de ces gredins honnêtes[2] qui l'avaient sacrifiée d'abord, rejetée ensuite, comme une chose malpropre et inutile. Alors elle songea à son

1. Le « paletot » est un pardessus ; le « paletot sac » est un pardessus qui n'est pas ajusté à la taille.
2. Bel exemple d'oxymore, c'est-à-dire d'alliance de deux mots contraires. Les gredins sont des gens malhonnêtes, mais ceux auxquels a été confrontée Boule de Suif font partie de la bonne société, ils sont donc considérés comme « honnêtes »… alors même qu'ils se sont comportés avec elle de façon infâme.

grand panier tout plein de bonnes choses qu'ils avaient goulûment dévorées, à ses deux poulets luisants de gelée, à ses pâtés, à ses poires, à ses quatre bouteilles de bordeaux ; et sa fureur tombant soudain comme une corde trop tendue qui casse, elle se sentit prête à pleurer. Elle fit des efforts terribles, se raidit, avala ses sanglots comme les enfants, mais les pleurs montaient, luisaient au bord de ses paupières, et bientôt deux grosses larmes se détachant des yeux roulèrent lentement sur ses joues. D'autres les suivirent plus rapides, coulant comme les gouttes d'eau qui filtrent d'une roche, et tombant régulièrement sur la courbe rebondie de sa poitrine. Elle restait droite, le regard fixe, la face rigide et pâle, espérant qu'on ne la verrait pas.

Mais la comtesse s'en aperçut et prévint son mari d'un signe. Il haussa les épaules comme pour dire : « Que voulez-vous, ce n'est pas ma faute. » Mme Loiseau eut un rire muet de triomphe et murmura : « Elle pleure sa honte. »

Les deux bonnes sœurs s'étaient remises à prier, après avoir roulé dans un papier le reste de leur saucisson.

Alors Cornudet, qui digérait ses œufs, étendit ses longues jambes sous la banquette d'en face, se renversa, croisa ses bras, sourit comme un homme qui vient de trouver une bonne farce, et se mit à siffloter *La Marseillaise*[1].

1. L'hymne révolutionnaire composé par Rouget de Lisle était interdit sous le Second Empire et sera réhabilité comme hymne national sous la III[e] République, en 1879.

Toutes les figures se rembrunirent. Le chant populaire, assurément, ne plaisait point à ses voisins. Ils devinrent nerveux, agacés, et avaient l'air prêts à hurler comme des chiens qui entendent un orgue de barbarie[1].

Il s'en aperçut, ne s'arrêta plus. Parfois même il fredonnait les paroles :

> Amour sacré de la patrie,
> Conduis, soutiens, nos bras vengeurs,
> Liberté, liberté chérie,
> Combats avec tes défenseurs !

On fuyait plus vite, la neige étant plus dure ; et jusqu'à Dieppe, pendant les longues heures mornes du voyage, à travers les cahots du chemin, par la nuit tombante, puis dans l'obscurité profonde de la voiture, il continua, avec une obstination féroce, son sifflement vengeur et monotone, contraignant les esprits las et exaspérés à suivre le chant d'un bout à l'autre, à se rappeler chaque parole qu'ils appliquaient sur chaque mesure.

Et Boule de Suif pleurait toujours ; et parfois un sanglot qu'elle n'avait pu retenir passait, entre deux couplets, dans les ténèbres.

[1]. L'orgue de Barbarie est réputé pour ses sonorités souvent peu harmonieuses.

LA MOUSTACHE

La Moustache *est une nouvelle publiée initialement dans la revue* Gil Blas *le 30 novembre 1883. Maupassant y adopte une énonciation relativement rare dans ses écrits : le genre épistolaire. En effet, l'auteur de la lettre est Jeanne, une jeune femme mariée, et la destinataire est Lucie, son amie. Elle lui parle d'un quotidien pluvieux et en vient assez vite à l'objet même de ses préoccupations : pour pouvoir jouer des rôles de femme dans des comédies de salon, son mari s'est rasé la moustache. La lettre se présente donc comme une réflexion grivoise sur les qualités érotiques de la moustache, avant, par association d'idées, de rappeler les morts de la guerre de 1870, qui eux aussi portaient cette moustache très en vogue en France à la fin du XIXe siècle. La moustache est ainsi à l'époque de Maupassant un attribut viril par excellence : tous les hommes la portent et en font un objet de fierté. Il faut avoir cette précision en tête pour comprendre l'enjeu de la nouvelle ! Maupassant signe ici une nouvelle qui joue parfaitement sur l'effet de concentration : le lecteur est censé passer du sourire à la tristesse, tout en gardant une certaine distance ironique sur les propos d'une jeune bourgeoise frivole.*

Château de Solles, lundi 30 juillet 1883[1].

Ma chère Lucie, rien de nouveau. Nous vivons dans le salon en regardant tomber la pluie. On ne peut guère sortir par ces temps affreux ; alors nous jouons la comédie. Qu'elles sont bêtes, ô ma chérie, les pièces de salon du répertoire actuel[2]. Tout y est forcé, grossier, lourd. Les plaisanteries portent à la façon des boulets de canon, en cassant tout. Pas d'esprit, pas de naturel, pas de bonne humeur, aucune élégance. Ces hommes de lettres, vraiment, ne savent rien du monde. Ils ignorent tout à fait comment on pense et comment on parle chez nous. Je leur permettrais parfaitement de mépriser nos usages, nos conventions et nos manières, mais je ne leur permets point de ne les pas connaître. Pour être fins, ils font des jeux de mots qui seraient bons à dérider une caserne[3] ; pour être gais, ils nous servent de l'esprit qu'ils ont dû cueillir sur les hauteurs du boulevard extérieur[4], dans ces brasseries dites d'artistes

1. La date indiquée par Maupassant est celle à laquelle les lecteurs de *Gil Blas* pourront lire la nouvelle, car c'est le jour de parution du journal. Pour accentuer l'effet d'actualité, la pluie dont parle la narratrice caractérisait bien cet été 1883.
2. Les pièces de salon étaient des saynètes écrites par des hommes de lettres que les nobles et les bourgeois pouvaient se procurer pour se distraire en compagnie.
3. L'humour dit « de caserne » n'est pas réputé pour sa finesse !
4. Les « hauteurs du boulevard extérieur » désignent, à Paris, le quartier alors très populaire qui entoure la butte Montmartre.

où on répète, depuis cinquante ans, les mêmes paradoxes d'étudiants.

Enfin nous jouons la comédie. Comme nous ne sommes que deux femmes, mon mari remplit les rôles de soubrette, et pour cela il s'est rasé. Tu ne te figures pas, ma chère Lucie, comme ça le change ! Je ne le reconnais plus... ni le jour ni la nuit. S'il ne laissait pas repousser immédiatement sa moustache je crois que je lui deviendrais infidèle, tant il me déplaît ainsi.

Vraiment, un homme sans moustache n'est plus un homme. Je n'aime pas beaucoup la barbe ; elle donne presque toujours l'air négligé, mais la moustache, ô la moustache ! est indispensable à une physionomie virile. Non, jamais tu ne pourrais imaginer comme cette petite brosse de poils sur la lèvre est utile à l'œil et... aux... relations entre époux. Il m'est venu sur cette matière un tas de réflexions que je n'ose guère t'écrire. Je te les dirai volontiers... tout bas. Mais les mots sont si difficiles à trouver pour exprimer certaines choses, et certains d'entre eux, qu'on ne peut guère remplacer, ont sur le papier une si vilaine figure, que je ne peux les tracer. Et puis, le sujet est si difficile, si délicat, si scabreux[1] qu'il faudrait une science infinie pour l'aborder sans danger.

1. Voir p. 82, note 1.

Enfin ! tant pis si tu ne me comprends pas. Et puis, ma chère, tâche un peu de lire entre les lignes.

Oui, quand mon mari m'est arrivé rasé, j'ai compris d'abord que je n'aurais jamais de faiblesse pour un cabotin[1], ni pour un prédicateur, fût-il le père Didon[2], le plus séduisant de tous ! Puis, quand je me suis trouvée, plus tard, seule avec lui (mon mari), ce fut bien pis. Oh ! ma chère Lucie, ne te laisse jamais embrasser par un homme sans moustache ; ses baisers n'ont aucun goût, aucun, aucun ! Cela n'a plus ce charme, ce moelleux et ce… poivre, oui, ce poivre du vrai baiser. La moustache en est le piment.

Figure-toi qu'on t'applique sur la lèvre un parchemin sec… ou humide. Voilà la caresse de l'homme rasé. Elle n'en vaut plus la peine assurément.

D'où vient donc la séduction de la moustache, me diras-tu ? Le sais-je ? D'abord elle chatouille d'une façon délicieuse. On la sent avant la bouche et elle vous fait passer dans tout le corps, jusqu'au bout des pieds, un frisson charmant. C'est elle qui caresse, qui fait frémir et tressaillir la peau, qui donne aux nerfs

1. Un cabotin est un comédien sans talent. Or c'est justement ce qu'est le mari qui se rase pour pouvoir interpréter des rôles féminins dans le petit théâtre de salon !
2. Le père Didon était un ecclésiastique qui jouissait d'un grand prestige auprès des femmes à la fin des années 1870. Elles se pressaient pour l'entendre : si bien que la hiérarchie de l'Église lui imposa une retraite en Corse !

cette vibration exquise qui fait pousser ce petit « ah ! » comme si on avait grand froid.

Et sur le cou ! Oui, as-tu jamais senti une moustache sur ton cou ? Cela vous grise et vous crispe, vous descend dans le dos, vous court au bout des doigts. On se tord, on secoue ses épaules, on renverse la tête ; on voudrait fuir et rester ; c'est adorable et irritant ! Mais que c'est bon !

Et puis encore… vraiment, je n'ose plus ? Un mari qui vous aime, mais là, tout à fait, sait trouver un tas de petits coins où cacher des baisers, des petits coins dont on ne s'aviserait guère toute seule. Eh bien, sans moustache, ces baisers-là perdent aussi beaucoup de leur goût, sans compter qu'ils deviennent presque inconvenants ! Explique cela comme tu pourras. Quant à moi, voici la raison que j'en ai trouvée. Une lèvre sans moustache est nue comme un corps sans vêtements ; il faut toujours des vêtements, très peu si tu veux, mais il en faut !

Le créateur (je n'ose point écrire un autre mot en parlant de ces choses), le créateur a eu soin de voiler ainsi tous les abris de notre chair où devait se cacher l'amour. Une bouche rasée me paraît ressembler à un bois abattu autour de quelque fontaine où l'on allait boire et dormir.

Cela me rappelle une phrase (d'un homme politique) qui me trotte depuis trois mois dans la cervelle. Mon mari, qui suit les journaux, m'a lu, un soir, un

bien singulier discours de notre ministre de l'Agriculture qui s'appelait alors M. Méline[1]. A-t-il été remplacé par quelque autre ? Je l'ignore.

Je n'écoutais pas, mais ce nom, Méline, m'a frappée. Il m'a rappelé, je ne sais trop pourquoi, les scènes de la vie de Bohème[2]. J'ai cru qu'il s'agissait d'une grisette[3]. Voilà comment quelques bribes de ce morceau me sont entrées dans la tête. Donc M. Méline faisait aux habitants d'Amiens, je crois, cette déclaration dont je cherchais jusqu'ici le sens : « Il n'y a pas de patriotisme sans agriculture[4] ! » Eh bien, ce sens, je l'ai trouvé tout à l'heure ; et je te déclare à mon tour qu'il n'y a pas d'amour sans moustache ! Quand on le lit comme ça, ça semble drôle, n'est-ce pas ?

Il n'y a point d'amour sans moustache !

« Il n'y a point de patriotisme sans agriculture », affirmait M. Méline ; et il avait raison, ce ministre, je le pénètre à présent !

À un tout autre point de vue, la moustache est essentielle. Elle détermine la physionomie. Elle vous

1. Jules Méline est bien le ministre de l'Agriculture en poste au moment où paraît la nouvelle de Maupassant.
2. *Scènes de la vie de Bohème* est un roman d'Henri Murger (1847) qui relate les aventures, notamment amoureuses, de jeunes étudiants.
3. Les grisettes sont des jeunes filles de condition modeste, elles travaillent dans des ateliers de couture, et sont de mœurs légères. Ce sont elles qui s'amusent avec les étudiants dans le roman de Murger.
4. Jules Méline a bel et bien prononcé cette phrase en mai 1883.

donne l'air doux, tendre, violent, croquemitaine, bambocheur[1], entreprenant ! L'homme barbu, vraiment barbu, celui qui porte tout son poil (oh ! le vilain mot) sur les joues n'a jamais de finesse dans le visage, les traits étant cachés. Et la forme de la mâchoire et du menton dit bien des choses, à qui sait voir.

L'homme à moustaches garde son allure propre et sa finesse en même temps.

Et que d'aspects variés elles ont, ces moustaches !
Tantôt elles sont retournées, frisées, coquettes. Celles-là semblent aimer les femmes avant tout !

Tantôt elles sont pointues, aiguës comme des aiguilles, menaçantes. Celles-là préfèrent le vin, les chevaux et les batailles.

Tantôt elles sont énormes, tombantes, effroyables. Ces grosses-là dissimulent généralement un caractère excellent, une bonté qui touche à la faiblesse et une douceur qui confine à la timidité.

Et puis, ce que j'adore d'abord dans la moustache, c'est qu'elle est française, bien française. Elle nous vient de nos pères les Gaulois, et elle est demeurée le signe de notre caractère national enfin.

Elle est hâbleuse[2], galante et brave. Elle se mouille gentiment au vin et sait rire avec élégance, tandis que

1. De celui qui vit dans la débauche.
2. Le caractère hâbleur est souvent associé aux Français : cela signifie qu'ils ont l'habitude de parler longuement en exagérant, en se vantant et en faisant des promesses, notamment aux femmes.

les larges mâchoires barbues sont lourdes en tout ce qu'elles font.

Tiens, je me rappelle une chose qui m'a fait pleurer toutes mes larmes, et qui m'a fait aussi, je m'en aperçois à présent, aimer les moustaches sur les lèvres des hommes.

C'était pendant la guerre[1], chez papa. J'étais jeune fille, alors. Un jour on se battit près du château. J'avais entendu depuis le matin le canon et la fusillade, et, le soir, un colonel allemand entra chez nous et s'y installa. Puis il partit le lendemain. On vint prévenir père qu'il y avait beaucoup de morts dans les champs. Il les fit ramasser et apporter chez nous pour les enterrer ensemble. On les couchait, tout le long de la grande avenue de sapins, des deux côtés, à mesure qu'on les apportait ; et comme ils commençaient à sentir mauvais, on leur jetait de la terre sur le corps en attendant qu'on eût creusé la grande fosse. De la sorte, on n'apercevait plus que leurs têtes qui semblaient sortir du sol, jaunes comme lui, avec leurs yeux fermés.

Je voulus les voir ; mais quand j'aperçus ces deux grandes lignes de figures affreuses, je crus que j'allais me trouver mal ; puis je me mis à les examiner, une à une, cherchant à deviner ce qu'avaient été ces hommes.

1. Il s'agit, bien entendu, de la guerre franco-allemande de 1870.

Les uniformes étaient ensevelis, cachés sous la terre, et pourtant tout à coup, oui, ma chérie, tout à coup je reconnus les Français, à leur moustache !

Quelques-uns s'étaient rasés le jour même du combat, comme s'ils eussent voulu être coquets jusqu'au dernier moment ! Leur barbe cependant avait un peu repoussé, car tu sais qu'elle pousse encore après la mort. D'autres semblaient l'avoir de huit jours ; mais tous enfin portaient la moustache française, bien distincte, la fière moustache, qui semblait dire : « Ne me confonds pas avec mon ami barbu, petite, je suis un frère. »

Et j'ai pleuré, oh ! j'ai pleuré bien plus que si je ne les avais pas reconnus ainsi, ces pauvres morts.

J'ai eu tort de te conter cela. Me voici triste maintenant et incapable de bavarder plus longtemps. Allons, adieu, ma chère Lucie, je t'embrasse de tout mon cœur. Vive la moustache !

<div style="text-align:right">JEANNE.</div>

Pour copie conforme :

GUY DE MAUPASSANT.

LE LIT 29

Le Lit 29 *est une nouvelle également publiée dans* Gil Blas *quelques mois plus tard (le 24 juillet 1884) et sous le même pseudonyme (Maufrineuse). C'est l'histoire d'un beau hussard prétentieux, le capitaine Épivent qui, en garnison à Rouen, fait tourner la tête de toutes les femmes de la ville, avant de jeter son dévolu sur la belle Irma, maîtresse de M. Templier-Papon, le riche manufacturier, dont le nom et la fonction rappellent le personnage de Carré-Lamadon dans* Boule de Suif. *Les deux amants paradent dans la ville jusqu'au déclenchement de la guerre de 1870. Épivent s'en va, revient décoré et retrouve sa maîtresse à l'hôpital, atteinte de syphilis. Il a honte de la maladie vénérienne de son ancien amour et de son comportement avec les Prussiens. Prostituée patriote, Irma a en effet décidé de contaminer le plus grand nombre d'occupants et a donc eu bien des amants prussiens. S'opposent ainsi le patriotisme prude d'Épivent, avant tout soucieux de sa réputation, et l'esprit de sacrifice d'Irma, qui a tué au point d'entraîner sa propre mort, puisqu'elle a refusé de se soigner.*

Quand le capitaine Épivent passait dans la rue, toutes les femmes se retournaient. Il présentait vraiment le type du bel officier de hussards[1]. Aussi paradait-il toujours et se pavanait-il sans cesse, fier et préoccupé de sa cuisse, de sa taille et de sa moustache. Il les avait superbes, d'ailleurs, la moustache, la taille et la cuisse. La première était blonde, très forte, tombant martialement sur la lèvre en un beau bourrelet couleur de blé mûr, mais fin, soigneusement roulé, et qui descendait ensuite des deux côtés de la bouche en deux puissants jets de poils tout à fait crânes[2]. La taille était mince comme s'il eût porté un corset, tandis qu'une vigoureuse poitrine de mâle, bombée et cambrée, s'élargissait au-dessus. Sa cuisse était admirable, une cuisse de gymnaste, de danseur, dont la chair musclée dessinait tous ses mouvements sous le drap collant du pantalon rouge[3].

Il marchait en tendant le jarret[4] et en écartant les pieds et les bras, de ce pas un peu balancé des cavaliers, qui sied bien pour faire valoir les jambes et le torse, qui semble vainqueur sous l'uniforme, mais commun sous la redingote.

Comme beaucoup d'officiers, le capitaine Épivent portait mal le costume civil. Il n'avait plus l'air, une

1. Voir p. 36, note 1.
2. Courageux, braves (ce qui est assez inattendu pour des poils!).
3. Voir p. 32, note 1.
4. Le jarret est la région postérieure du genou.

fois vêtu de drap gris ou noir, que d'un commis de magasin. Mais, en tenue, il triomphait. Il avait d'ailleurs une jolie tête, le nez mince et courbé, l'œil bleu, le front étroit. Il était chauve, par exemple, sans qu'il eût jamais compris pourquoi ses cheveux étaient tombés. Il se consolait en constatant qu'avec de grandes moustaches un crâne un peu nu ne va pas mal.

Il méprisait tout le monde en général avec beaucoup de degrés dans son mépris.

D'abord, pour lui, les bourgeois n'existaient point. Il les regardait, ainsi qu'on regarde les animaux, sans leur accorder plus d'attention qu'on n'en accorde aux moineaux ou aux poules. Seuls, les officiers comptaient dans le monde, mais il n'avait pas la même estime pour tous les officiers. Il ne respectait, en somme, que les beaux hommes, la vraie, l'unique qualité du militaire devant être la prestance. Un soldat, c'était un gaillard, que diable, un grand gaillard créé pour faire la guerre et l'amour, un homme à poigne, à crins et à reins, rien de plus. Il classait les généraux de l'armée française en raison de leur taille, de leur tenue et de l'aspect rébarbatif de leur visage. Bourbaki[1] lui apparaissait comme le plus grand homme de guerre des temps modernes.

1. Charles Bourbaki est un général du Second Empire qui fut chargé par Napoléon III de commander la garde impériale. Ses troupes, contraintes de se replier vers la frontière suisse à la fin de 1870, vivent dans des conditions déplorables. Il perd d'ailleurs beaucoup d'hommes.

Il riait beaucoup des officiers de la ligne[1], qui sont courts et gros et soufflent en marchant, mais il avait surtout une invincible mésestime qui frisait la répugnance pour les pauvres gringalets sortis de l'École Polytechnique[2], ces maigres petits hommes à lunettes, gauches et maladroits, qui semblent autant faits pour l'uniforme qu'un lapin pour dire la messe, affirmait-il. Il s'indignait qu'on tolérât dans l'armée ces avortons aux jambes grêles qui marchent comme des crabes, qui ne boivent pas, qui mangent peu et qui semblent mieux aimer les équations que les belles filles.

Le capitaine Épivent avait des succès constants, des triomphes auprès du beau sexe.

Toutes les fois qu'il soupait en compagnie d'une femme, il se considérait comme certain de finir la nuit en tête-à-tête, sur le même sommier, et si des obstacles insurmontables empêchaient sa victoire le soir même, il était sûr au moins de la « suite à demain ». Les camarades n'aimaient pas lui faire rencontrer leurs maîtresses, et les commerçants en boutiques, qui avaient de jolies femmes au comptoir de leur magasin, le connaissaient, le craignaient et le haïssaient éperdument.

Quand il passait, la marchande échangeait, malgré elle, avec lui, un regard à travers les vitres de la

1. Appelés aussi « les lignards », voir p. 32, note 3.
2. École militaire d'excellence. Cependant, elle formait des soldats qui, bien qu'ayant plus de science que les autres, se trouvaient aussi être moins robustes physiquement.

devanture; un de ces regards qui valent plus que les paroles tendres, qui contiennent un appel et une réponse, un désir et un aveu. Et le mari, qu'une sorte d'instinct avertissait, se retournant brusquement, jetait un coup d'œil furieux sur la silhouette fière et cambrée de l'officier. Et quand le capitaine était passé, souriant et content de son effet, le commerçant, bousculant d'une main nerveuse les objets étalés devant lui, déclarait : « En voilà un grand dindon. Quand est-ce qu'on finira de nourrir tous ces propres-à-rien qui traînent leur ferblanterie[1] dans les rues ? Quant à moi, j'aime mieux un boucher qu'un soldat. S'il a du sang sur son tablier, c'est du sang de bête au moins ; et il est utile à quelque chose, celui-là ; et le couteau qu'il porte n'est pas destiné à tuer des hommes. Je ne comprends pas qu'on tolère sur les promenades que ces meurtriers publics promènent leurs instruments de mort. Il en faut, je le sais bien, mais qu'on les cache au moins, et qu'on ne les habille pas en mascarade avec des culottes rouges et des vestes bleues. On n'habille pas le bourreau en général, n'est-ce pas ? »

La femme, sans répondre, haussait imperceptiblement les épaules, tandis que le mari, devinant le geste sans le voir, s'écriait :

[1]. La ferblanterie (les ustensiles de fer-blanc) désigne ici, péjorativement, les décorations ou autres éléments de l'uniforme de l'officier.

« Faut-il être bête pour aller voir parader ces cocos-là ! »

La réputation de conquérant du capitaine Épivent était d'ailleurs établie dans toute l'armée française.

*

Or, en 1868, son régiment, le 102ᵉ hussards, vint tenir garnison à Rouen.

Il fut bientôt connu dans la ville. Il apparaissait tous les soirs, vers cinq heures, sur le cours Boieldieu, pour prendre l'absinthe au café de la Comédie, mais, avant d'entrer dans l'établissement, il avait soin de faire un tour sur la promenade pour montrer sa jambe, sa taille et sa moustache.

Les commerçants rouennais qui se promenaient aussi, les mains derrière le dos, préoccupés des affaires et parlant de la hausse et de la baisse, lui jetaient cependant un regard et murmuraient :

« Bigre, voilà un bel homme. »

Puis, quand ils le connurent :

« Tiens, le capitaine Épivent ! Quel gaillard tout de même ! »

Les femmes, à sa rencontre, avaient un petit mouvement de tête tout à fait drôle, une sorte de frisson de pudeur, comme si elles s'étaient senties faibles ou dévêtues devant lui. Elles baissaient un peu la tête avec une ombre de sourire sur les lèvres, un désir d'être trouvées

charmantes et d'avoir un regard de lui. Quand il se promenait avec un camarade, le camarade ne manquait jamais de murmurer avec une jalousie envieuse, chaque fois qu'il revoyait le même manège :

« Ce bougre d'Épivent, a-t-il de la chance ! »

Parmi les filles entretenues de la ville, c'était une lutte, une course à qui l'enlèverait. Elles venaient toutes, à cinq heures, l'heure des officiers, sur le cours Boieldieu, et elles traînaient leurs jupes, deux par deux, d'un bout à l'autre du cours, tandis que, deux par deux, lieutenants, capitaines et commandants traînaient leurs sabres sur le trottoir, avant d'entrer au café.

Or, un soir, la belle Irma, la maîtresse, disait-on, de M. Templier-Papon, le riche manufacturier, fit arrêter sa voiture en face de la Comédie, et, descendant, eut l'air d'aller acheter du papier ou commander des cartes de visite chez M. Paulard, le graveur, cela pour passer devant les tables d'officiers et jeter au capitaine Épivent un regard qui voulait dire : « Quand vous voudrez », si clairement que le colonel Prune, qui buvait la verte liqueur[1] avec son lieutenant-colonel, ne put s'empêcher de grogner :

« Cré[2] cochon ! A-t-il de la chance, ce bougre-là ! »

1. Par une inversion poétique, Maupassant désigne ainsi l'absinthe. « La liqueur verte » était beaucoup consommée au XIX[e] siècle. Elle est aujourd'hui interdite, car elle est toxique.
2. Diminutif mis pour « Sacré ».

Le mot du colonel fut répété ; et le capitaine Épivent, ému de cette approbation supérieure, passa le lendemain, en grande tenue, et plusieurs fois de suite, sous les fenêtres de la belle.

Elle le vit, se montra, sourit.

Le soir même, il était son amant.

Ils s'affichèrent, se donnèrent en spectacle, se compromirent mutuellement, fiers tous deux d'une pareille aventure.

Il n'était bruit dans la ville que des amours de la belle Irma avec l'officier. Seul, M. Templier-Papon les ignorait.

Le capitaine rayonnait de gloire ; et, à tout instant, il répétait :

« Irma vient de me dire – Irma me disait cette nuit – hier, en dînant avec Irma… »

Pendant plus d'un an, il promena, étala, déploya dans Rouen cet amour, comme un drapeau pris à l'ennemi. Il se sentait grandi par cette conquête, envié, plus sûr de l'avenir, plus sûr de la croix tant désirée, car tout le monde avait les yeux sur lui, et il suffit de se trouver bien en vue pour n'être pas oublié[1].

*

1. Épivent espère recevoir la croix de la Légion d'honneur, qu'il arborera en effet sur son uniforme à la fin de la nouvelle. Cette allusion ironique de Maupassant laisse entendre que cette décoration militaire ne s'obtient pas par bravoure.

Mais voilà que la guerre éclata et que le régiment du capitaine fut envoyé à la frontière un des premiers. Les adieux furent lamentables. Ils durèrent toute une nuit.

Sabre, culotte rouge, képi, dolman[1] chavirés du dos d'une chaise, par terre ; les robes, les jupes, les bas de soie répandus, tombés aussi, mêlés à l'uniforme, en détresse sur le tapis, la chambre bouleversée comme après une bataille, Irma, folle, les cheveux dénoués, jetait ses bras désespérés autour du cou de l'officier, l'étreignant, puis, le lâchant, se roulait sur le sol, renversait les meubles, arrachait les franges des fauteuils, mordait leurs pieds, tandis que le capitaine, fort ému, mais inhabile aux consolations, répétait :

« Irma, ma petite Irma, pas à dire, il le faut. »

Et il essuyait parfois, du bout du doigt, une larme éclose au coin de l'œil.

Ils se séparèrent au jour levant. Elle suivit en voiture son amant jusqu'à la première étape. Et elle l'embrassa presque en face du régiment à l'instant de la séparation. On trouva même ça très gentil, très digne, très bien, et les camarades serrèrent la main du capitaine en lui disant :

« Cré veinard, elle avait du cœur tout de même, cette petite. »

1. Veste que portent les hussards.

On voyait vraiment là-dedans quelque chose de patriotique.

*

Le régiment fut fort éprouvé pendant la campagne. Le capitaine se conduisit héroïquement et reçut enfin la croix, puis, la guerre terminée, il revint à Rouen en garnison.

Aussitôt de retour, il demanda des nouvelles d'Irma, mais personne ne put lui en donner de précises.

D'après les uns, elle avait fait la noce avec l'état-major prussien.

D'après les autres, elle s'était retirée chez ses parents aux environs d'Yvetot.

Il envoya même son ordonnance à la mairie pour consulter le registre des décès. Le nom de sa maîtresse ne s'y trouva pas.

Et il eut un grand chagrin dont il faisait parade. Il mettait même au compte de l'ennemi son malheur, attribuait aux Prussiens qui avaient occupé Rouen la disparition de la jeune femme, et déclarait :

« À la prochaine guerre, ils me le paieront, les gredins. »

Or, un matin, comme il entrait au mess[1] à l'heure du déjeuner, un commissionnaire, vieil homme en

1. Mot anglais qui désigne la cantine des officiers et sous-officiers.

blouse, coiffé d'une casquette cirée, lui remit une enveloppe. Il l'ouvrit et lut :

Mon chéri,
Je suis à l'hôpital[1], bien malade, bien malade. Ne
5 *reviendras-tu pas me voir ? Ça me ferait tant plaisir !*
<div style="text-align:right">IRMA.</div>

Le capitaine devint pâle, et, remué de pitié, il déclara :
« Nom de nom, la pauvre fille ! J'y vais aussitôt le déjeuner. »

10 Et pendant tout le temps, il raconta à la table des officiers qu'Irma était à l'hôpital ; mais qu'il l'en ferait sortir, cré mâtin[2]. C'était encore la faute de ces sacré nom de Prussiens. Elle avait dû se trouver seule, sans le sou, crevant de misère, car on avait certainement
15 pillé son mobilier.

« Ah ! les salopiauds ! »
Tout le monde était ému en l'écoutant.

À peine eut-il glissé sa serviette roulée dans son rond de bois, qu'il se leva ; et, ayant cueilli son sabre
20 au portemanteau, bombant sa poitrine pour se faire mince, il agrafa son ceinturon, puis partit d'un pas accéléré pour se rendre à l'hôpital civil.

1. L'hôpital au XIX[e] siècle est un endroit où ne se font soigner que les pauvres. C'est donc ici un premier indice de la déchéance d'Irma.
2. Grand chien, mais l'expression « Cré mâtin » exprime avant tout la surprise.

Mais l'entrée du bâtiment hospitalier, où il s'attendait à pénétrer immédiatement, lui fut sévèrement refusée et il dut même aller trouver son colonel à qui il expliqua son cas et dont il obtint un mot pour le directeur.

Celui-ci, après avoir fait poser quelque temps le beau capitaine dans son antichambre, lui délivra enfin une autorisation, avec un salut froid et désapprobateur.

Dès la porte il se sentit gêné dans cet asile de la misère, de la souffrance et de la mort. Un garçon de service le guida.

Il allait sur la pointe des pieds, pour ne pas faire de bruit, dans les longs corridors où flottait une odeur fade de moisi, de maladie et de médicaments. Un murmure de voix, par moments, troublait seul le grand silence de l'hôpital.

Parfois, par une porte ouverte, le capitaine apercevait un dortoir, une file de lits dont les draps étaient soulevés par la forme des corps. Des convalescentes, assises sur des chaises au pied de leurs couches, cousaient, vêtues d'une robe d'uniforme en toile grise, et coiffées d'un bonnet blanc[1].

Son guide soudain s'arrêta devant une de ces galeries pleines de malades. Sur la porte on lisait, en grosses

1. Les hôpitaux exigeaient que tous les malades portent la même tenue.

lettres : « Syphilitiques[1] ». Le capitaine tressaillit ; puis il se sentit rougir. Une infirmière préparait un médicament sur une petite table de bois à l'entrée.

« Je vais vous conduire, dit-elle, c'est au lit 29. »

Et elle se mit à marcher devant l'officier.

Puis elle indiqua une couchette :

« C'est là. »

On ne voyait rien qu'un renflement des couvertures. La tête elle-même était cachée sous le drap.

Partout des figures se dressaient au-dessus des couches, des figures pâles, étonnées, qui regardaient l'uniforme, des figures de femmes, de jeunes femmes et de vieilles femmes, mais qui semblaient toutes laides, vulgaires, sous l'humble caraco réglementaire.

Le capitaine, tout à fait troublé, qui soutenait son sabre d'une main et portait son képi de l'autre, murmura :

« Irma. »

Un grand mouvement se fit dans le lit, et le visage de sa maîtresse apparut, mais si changé, si fatigué, si maigre, qu'il ne le reconnaissait pas.

Elle haletait, suffoquée par l'émotion, et elle prononça :

1. La syphilis est la maladie dont est mort Maupassant lui-même. Elle était très répandue au XIX[e] et pouvait se soigner si elle était prise très tôt. Sexuellement transmissible, elle était source de honte pour beaucoup.

« Albert !... Albert !... C'est toi !... Oh !... c'est bien... c'est bien... »

Et des larmes coulèrent de ses yeux.

L'infirmière apportait une chaise :

« Asseyez-vous, monsieur. »

Il s'assit, et il regardait la face pâle, si misérable de cette fille qu'il avait quittée si belle et si fraîche.

Il dit :

« Qu'est-ce que tu as eu ? »

Elle répondit, tout en pleurant :

« Tu as bien vu, c'est écrit sur la porte. »

Et elle cacha ses yeux sous le bord de ses draps.

Il reprit, éperdu, honteux :

« Comment as-tu attrapé ça, ma pauvre fille ? »

Elle murmura :

« C'est ces salops de Prussiens. Ils m'ont prise presque de force et ils m'ont empoisonnée. »

Il ne trouvait plus rien à ajouter. Il la regardait et tournait son képi sur ses genoux.

Les autres malades le dévisageaient, et il croyait sentir une odeur de pourriture, une odeur de chair gâtée et d'infamie dans ce dortoir plein de filles atteintes du mal ignoble et terrible.

Elle murmurait :

« Je ne crois pas que j'en réchappe. Le médecin dit que c'est bien grave. »

Puis apercevant la croix sur la poitrine de l'officier, elle s'écria :

« Oh ! tu es décoré, que je suis contente ! Que je suis contente ! Oh ! si je pouvais t'embrasser ? »

Un frisson de peur et de dégoût courut sur la peau du capitaine, à la pensée de ce baiser.

Il avait envie de s'en aller, maintenant, d'être à l'air, de ne plus voir cette femme. Il restait cependant, ne sachant comment faire pour se lever, pour lui dire adieu. Il balbutia :

« Tu ne t'es donc pas soignée ? »

Une flamme passa dans les yeux d'Irma : « Non, j'ai voulu me venger, quand j'aurais dû en crever ! Et je les ai empoisonnés aussi, tous, tous, le plus que j'ai pu. Tant qu'ils ont été à Rouen je ne me suis pas soignée. »

Il déclara, d'un ton gêné, où perçait un peu de gaieté :

« Quant à ça, tu as bien fait. »

Elle dit, s'animant, les pommettes rouges :

« Oh ! oui, il en mourra plus d'un par ma faute, va. Je te réponds que je me suis vengée. »

Il prononça encore :

« Tant mieux. »

Puis, se levant :

« Allons, je vais te quitter parce qu'il faut que je sois chez le colonel à quatre heures. »

Elle eut une grosse émotion :

« Déjà ! tu me quittes déjà ! Oh ! tu viens à peine d'arriver !... »

Mais il voulait partir à tout prix. Il prononça :

« Tu vois bien que je suis venu tout de suite ; mais il faut absolument que je sois chez le colonel à quatre heures. »

Elle demanda :

« C'est toujours le colonel Prune ?

— C'est toujours lui. Il a été blessé deux fois. »

Elle reprit :

« Et tes camarades, y en a-t-il eu de tués ?

— Oui. Saint-Timon, Savagnat, Poli, Sapreval, Robert, de Courson, Pasafil, Santal, Caravan et Poivrin sont morts. Sahel a eu le bras emporté et Courvoisin une jambe écrasée, Paquet a perdu l'œil droit. »

Elle écoutait, pleine d'intérêt. Puis, tout à coup, elle balbutia :

« Veux-tu m'embrasser, dis, avant de me quitter, Mme Langlois n'est pas là. »

Et, malgré le dégoût qui lui montait aux lèvres, il les posa sur ce front blême, tandis qu'elle, l'entourant de ses bras, jetait des baisers affolés sur le drap bleu de son dolman.

Elle reprit :

« Tu reviendras, dis, tu reviendras ? Promets-moi que tu reviendras.

— Oui, je te le promets.

— Quand ça ? Peux-tu jeudi ?

— Oui, jeudi.

— Jeudi, deux heures.

— Oui, jeudi deux heures.

— Tu me le promets ?
— Je te le promets.
— Adieu, mon chéri.
— Adieu. »
Et il s'en alla, confus, sous les regards du dortoir, pliant sa haute taille pour se faire petit ; et quand il fut dans la rue, il respira.

*

Le soir, ses camarades lui demandèrent :
« Eh bien ! Irma ? »
Il répondit d'un ton gêné :
« Elle a eu une fluxion de poitrine, elle est bien mal. »

Mais un petit lieutenant, flairant quelque chose à son air, alla aux informations et, le lendemain, quand le capitaine entra au mess, il fut accueilli par une décharge de rires et de plaisanteries. On se vengeait, enfin.

On apprit, en outre, qu'Irma avait fait une noce enragée avec l'état-major prussien, qu'elle avait parcouru le pays à cheval avec un colonel de hussards bleus et avec bien d'autres encore, et que, dans Rouen, on ne l'appelait plus que la « femme aux Prussiens ».

Pendant huit jours, le capitaine fut la victime du régiment. Il recevait, par la poste, des notes révélatrices,

des ordonnances, des indications de médecins spécialistes, même des médicaments dont la nature était inscrite sur le paquet.

Et le colonel, mis au courant, déclara d'un ton sévère :

« Eh bien, le capitaine avait là une jolie connaissance. Je lui en ferai mes compliments. »

Au bout d'une douzaine de jours, il fut appelé par une nouvelle lettre d'Irma. Il la déchira avec rage, et ne répondit pas.

Huit jours plus tard, elle lui écrivit de nouveau qu'elle était tout à fait mal, et qu'elle voulait lui dire adieu.

Il ne répondit pas.

Après quelques jours encore, il reçut la visite de l'aumônier de l'hôpital.

La fille Irma Pavolin, à son lit de mort, le suppliait de venir.

Il n'osa pas refuser de suivre l'aumônier, mais il entra dans l'hôpital le cœur gonflé de rancune méchante, de vanité blessée, d'orgueil humilié.

Il ne la trouva guère changée et pensa qu'elle s'était moquée de lui.

« Qu'est-ce que tu me veux ? dit-il.

— J'ai voulu te dire adieu. Il paraît que je suis tout à fait bas. »

Il ne la crut pas.

« Écoute, tu me rends la risée du régiment, et je ne veux pas que ça continue. »

Elle demanda :

« Qu'est-ce que je t'ai fait, moi ? »

Il s'irrita de n'avoir rien à répondre.

« Ne compte pas que je reviendrai ici pour me faire moquer de moi par tout le monde ! »

Elle le regarda de ses yeux éteints où s'allumait une colère, et elle répéta :

« Qu'est-ce que je t'ai fait, moi ? Je n'ai pas été gentille avec toi, peut-être ? Est-ce que je t'ai quelquefois demandé quelque chose ? Sans toi, je serais restée avec M. Templier-Papon et je ne me trouverais pas ici aujourd'hui. Non, vois-tu, si quelqu'un a des reproches à me faire, ça n'est pas toi. »

Il reprit, d'un ton vibrant :

« Je ne te fais pas de reproches, mais je ne peux pas continuer à venir te voir, parce que ta conduite avec les Prussiens a été la honte de toute la ville. »

Elle s'assit, d'une secousse, dans son lit :

« Ma conduite avec les Prussiens ? Mais quand je te dis qu'ils m'ont prise, et quand je te dis que, si je ne me suis pas soignée, c'est parce que j'ai voulu les empoisonner. Si j'avais voulu me guérir, ça n'était pas difficile, parbleu ! mais je voulais les tuer, moi, et j'en ai tué, va ! »

Il restait debout :

« Dans tous les cas, c'est honteux », dit-il.

Elle eut une sorte d'étouffement, puis reprit :

« Qu'est-ce qui est honteux, de m'être fait mourir pour les exterminer, dis ? Tu ne parlais pas comme

ça quand tu venais chez moi, rue Jeanne-d'Arc ? Ah ! c'est honteux ! Tu n'en aurais pas fait autant, toi, avec ta croix d'honneur ! Je l'ai plus méritée que toi, vois-tu, plus que toi, et j'en ai tué plus que toi, des Prussiens !... »

Il demeurait stupéfait devant elle, frémissant d'indignation.

« Ah ! tais-toi... tu sais... tais-toi... parce que... ces choses-là... je ne permets pas... qu'on y touche... »

Mais elle ne l'écoutait guère :

« Avec ça que vous leur avez fait bien du mal aux Prussiens ! Ça serait-il arrivé si vous les aviez empêchés de venir à Rouen, dis ? C'est vous qui deviez les arrêter, entends-tu. Et je leur ai fait plus de mal que toi, moi, oui, plus de mal, puisque je vais mourir, tandis que tu te balades, toi, et que tu fais le beau pour enjôler les femmes... »

Sur chaque lit une tête s'était dressée et tous les yeux regardaient cet homme en uniforme qui bégayait :

« Tais-toi... tu sais... tais-toi... »

Mais elle ne se taisait pas. Elle criait :

« Ah ! oui, tu es un joli poseur. Je te connais, va. Je te connais. Je te dis que je leur ai fait plus de mal que toi, moi, et que j'en ai tué plus que tout ton régiment réuni... va donc... capon[1] ! »

1. Irma dit enfin la vérité sur le personnage d'Épivent, il est « poseur », c'est-à-dire imbu de sa personne, et il est « capon »,

Il s'en allait, en effet, il fuyait, allongeant ses grandes jambes, passant entre les deux rangs de lits où s'agitaient les syphilitiques. Et il entendait la voix haletante, sifflante, d'Irma, qui le poursuivait :

« Plus que toi, oui, j'en ai tué plus que toi, plus que toi... »

Il dégringola l'escalier quatre à quatre, et courut s'enfermer chez lui.

Le lendemain, il apprit qu'elle était morte.

ce qui est encore pire car cela signifie, à lui qui a eu la croix de la Légion d'honneur, qu'il est tout simplement lâche.

DOSSIER THÉMATIQUE : LE CORPS

INTRODUCTION

La littérature est un corps à corps avec la vie humaine. Son langage est indissociable des affections et des émotions d'un corps singulier, celui de l'écrivain, mais aussi de l'appréhension et des représentations des corps masculins et féminins dans la société de son époque. Histoire de personnages qui miment la vie réelle, la littérature est *incarnée*, c'est-à-dire qu'elle ne peut nier la chair, ses tremblements, ses réactions, le regard qu'on porte sur elle. Chair à canon des hommes dans la guerre, femmes bien en chair qui inspirent le désir, chair de poule de ceux ou celles qui l'éprouvent, la vie est la succession de multiples rencontres des corps.

Le corps est à la fois le lieu de toute expérience du monde et l'objet des regards. Dans la relation à l'autre, la frontière est parfois mince entre l'attention bienveillante et la réification[1] – que ce soit de pure contemplation ou de manipulation, d'échange – et entre la liberté de mouvement et l'aliénation. Le corps des hommes est historiquement considéré comme celui de la force, voire de la puissance guerrière ; le corps des femmes serait celui de l'amour et de l'enfantement. Pour ces raisons mêmes, les corps

1. La réification est la transformation d'un être vivant en chose.

sont à la fois glorifiés et frappés d'interdits dans les représentations : les religions et la morale ne peuvent accepter leur érotisme ; la mode, quant elle, impose ses diktats, qui évoluent de siècle en siècle, voire de décennie en décennie. Les hommes doivent être forts, les femmes doivent être belles, même si ces critères sont relatifs et ne recouvrent jamais exactement les mêmes caractéristiques physiques. Aujourd'hui, les frontières se brouillent dans les sociétés occidentales : le service militaire n'est plus obligatoire en France et les femmes se sont émancipées, affirmant notamment que leur corps leur appartient. Cependant, outre le fait que de grandes disparités existent selon les milieux et les familles dans l'éducation des garçons et des filles, il est toujours vrai que le regard porté sur le corps reste pour beaucoup une forme de tyrannie, au point qu'une jeune femme ukrainienne a procédé à plusieurs opérations de chirurgie esthétique pour ressembler le plus possible à son idéal féminin : la poupée Barbie.

La question reste donc d'actualité. Femme poupée et homme soldat, les corps des uns et des autres sont à la croisée d'une expérience du monde sensible, entre plaisirs et souffrances, et d'un monde social qui use des corps comme de tout autre bien matériel.

Boule de Suif annonce la couleur dès son titre : il s'agira de l'histoire d'un corps, d'une boule de graisse dont les sentiments seront niés, « à la guerre, comme

à la guerre » selon l'expression qu'utilisera Loiseau dans la diligence.

Nous vous invitons donc à lire la nouvelle à travers le prisme de l'importance des corps, de ce qu'ils disent des membres de cette société en miniature qui est celle que composent les personnages de la nouvelle et de son fonctionnement. Nous examinerons les points suivants :

I. Le langage des corps ;

II. Le corps dans la guerre ;

III. Le corps comme objet d'échange ;

IV. Le corps des femmes, de *Boule de suif* à aujourd'hui.

I. LE LANGAGE DES CORPS

La brièveté de la nouvelle dicte une nécessaire efficacité. Les longues descriptions sont proscrites, et cette exigence concerne aussi bien le cadre du récit que les motivations et émotions des personnages. Les corps de ceux-ci se retrouvent donc au centre de l'intrigue parce que les corps sont des espaces de manifestation des différences sociales, des caractères de chacun et des émotions, mais qu'ils sont aussi sujets aux mêmes besoins, comme ceux de la nourriture, qui peuvent mener au partage, voire à de brefs instants de communion. Les corps dans la nouvelle sont donc extrêmement signifiants, révélateurs de chacun des personnages et de leurs relations qui ne cessent d'évoluer.

1. Le corps des personnages

Des corps enfermés : temps et espace

Le temps est très restreint, tout se passe en l'espace de cinq jours et les lieux, en eux-mêmes, ont assez peu d'importance, leur caractéristique principale étant de donner une impression de confinement. En effet, les deux décors principaux sont des espaces réduits : la diligence et l'auberge. Les déplacements à l'extérieur sont limités, notamment par la neige et le grand froid. La nouvelle se concentre beaucoup sur

les diverses facettes de l'apparence de ses protagonistes. Les personnages ne se retrouvent donc jamais seuls, ils sont condamnés à rester groupés et à s'observer, ce que l'écriture de Maupassant rend d'autant plus lisible que l'auteur se joue des focalisations* : les scènes sont parfois décrites en focalisation externe, mais elles peuvent aussi être relatées en focalisation interne, par l'intermédiaire implicite de l'observation de l'un des membres du groupe, ce qui accentue l'atmosphère de suspicion qui règne entre les protagonistes. Nous vous invitons donc à observer dans chaque passage la focalisation adoptée.

Repères

La focalisation est l'étude du point de vue du narrateur. Selon Gérard Genette[1], théoricien de la littérature, elle peut être différente pour chaque texte.
La focalisation interne donne à lire le récit selon le point de vue de l'un de ses personnages.
La focalisation externe donne lieu à un récit selon un point de vue extérieur à l'action.
La focalisation zéro est un point de vue externe qui ne connaît pas les sentiments des personnages.

1. *Nouveau discours du récit*, Le Seuil, coll. « Poétique », 1983.

La diligence regroupe des personnes de classes sociales différentes. La place de chacun a son importance : Boule de Suif, par exemple, est assise avec les hommes. Elle est rangée avec l'autre paria, Cornudet, qui ne fait pas non plus partie des notables. L'auberge donnera l'illusion d'une délivrance, puisque les personnages peuvent enfin sortir de la diligence et se dégourdir les jambes ; cependant ils y seront tout autant enfermés. Et alors que la diligence permettait une proximité, voire une égalité des voyageurs, tous assis sur les mêmes sièges, l'auberge de Tôtes est un lieu qui rétablit une hiérarchie : l'officier prussien logeant à l'étage supérieur, il les domine physiquement, c'est de lui que dépend leur sort, et il n'apparaît physiquement, presque *corporellement*, pourrait-on dire, qu'une seule fois, pour les accueillir. Ensuite, sa présence ne sera évoquée – hormis lors de la brève scène de négociation que tentent de mener trois des hommes (Loiseau, M. Carré-Lamadon et le comte) – que sous la forme d'une menace venue de l'extérieur, « d'en haut ». Ce personnage permet de symboliser la situation historique dans le milieu confiné de l'auberge : c'est le vainqueur face aux vaincus, qui les contraint à monter le voir.

Les noms, miroirs des corps

L'intensité dramatique se concentre sur les comportements des personnages. Ceux-ci sont d'abord caractérisés par leurs noms, révélateurs d'une partie

de leur personnalité. C'est celui de Boule de Suif qui retiendra en premier lieu notre attention, puisque c'est le personnage éponyme et que ce surnom donné à la prostituée Élisabeth Rousset trouve plusieurs échos dans la nouvelle. Le suif, c'est du gras (voir p. 32, note 5), si la jeune femme est ainsi surnommée, c'est qu'elle est ronde, certes, mais aussi qu'elle est appétissante.

Cependant, ce n'est pas la seule allusion qui est faite au suif dans la nouvelle. En effet, dès le début de la nouvelle, les marchands de suif sont évoqués parmi les chefs des francs-tireurs qui rentrent à Rouen. Ainsi, la prostituée est certes appétissante, mais elle se présente tout de suite, et encore davantage quand elle arrive sous le toit de l'officier prussien, comme une marchandise. Puisque nous sommes en période de siège guerrier, bien souvent les services se paient par le troc, notamment le troc de nourriture, plus difficile à trouver dans une ville occupée. C'est ce à quoi sera réduite Élisabeth Rousset, à un morceau de gras que l'on échange contre la liberté de fuir.

De façon générale, cette façon de lier le physique, l'appellation et le caractère des personnages a trait à une théorie appelée la physiognomonie*.

Repères

La **physiognomonie** est une théorie, qui se voudrait scientifique, selon laquelle on pourrait deviner le caractère d'une personne selon son apparence physique. Elle existait déjà dans l'Antiquité et a eu de nombreux détracteurs, car c'est une perspective déterministe de l'homme : si l'homme est en partie déterminé par ses caractéristiques physiques, alors sa part de choix, de liberté est réduite. Cependant, c'est une théorie à laquelle auront recours les écrivains du XIXe siècle, et tout particulièrement Balzac, mais aussi Zola. En effet, déduire le caractère d'un personnage de sa description physique permet une grande efficacité littéraire : le portrait est en quelque sorte dédoublé, à la fois physique et moral, tout en restant concis. Cela permet donc une compréhension rapide, grâce à une grande économie de moyens, ce qui peut être fort utile pour le genre de la nouvelle en particulier. De plus, cela rapproche les personnages de types humains reconnaissables : l'auteur n'a pas besoin de définir des psychologies particulières, le lecteur comprend à qui il a affaire en quelques traits.

Dossier

Frontispice de l'édition Ollendorff de *Boule de Suif* (© Archives LGF).

Si le personnage de Boule de Suif est inspiré d'un être réel, qui est transformé et recréé par Maupassant, il est intéressant de savoir qu'un autre personnage, Cornudet, a également un modèle

réel : Charles Cord'homme, que l'auteur a bien connu, puisqu'il s'agissait de son oncle par alliance. Or, c'est cet homme, engagé politiquement (il était quarante-huitard et candidat à toutes les élections à Rouen pour le parti démocrate), qui apprit à Maupassant l'histoire d'Adrienne Legay, jeune femme réputée pour ses mœurs faciles et pour son physique généreux. C'est cette image d'une femme ronde et gourmande qui est à l'origine du surnom de « Boule de Suif ».

À LA LOUPE

Les quarante-huitards

On appelle quarante-huitards les libéraux et les républicains, partisans de la révolution de 1848 qui mit fin à la monarchie de Juillet et fit proclamer à Paris la IIe République.

QUESTIONS DE COMPRÉHENSION

Le nom des personnages

Faites des hypothèses sur l'interprétation possible des différents noms des personnages : M. et Mme Follenvie, Cornudet (que signifie « cornu » ? En quoi l'histoire de *Boule de Suif* pourrait-elle justifier le sous-entendu du nom du démocrate ?), Loiseau…

VERS LE COMMENTAIRE

Boule de Suif : un corps à manger

1 - Relevez les parties du corps de Boule de Suif qui sont à l'origine de son surnom.

2 - Quels sont les éléments de la description qui paraissent rendre la femme comestible ?

3 - Relevez les éléments du texte qui révèlent le point de vue du narrateur ? De quelle focalisation s'agit-il ?

4 - Comment appelle-t-on cette forme d'humour ? Quel regard pensez-vous que le narrateur porte sur son personnage ?

Vous proposerez ensuite l'introduction et le plan détaillé d'un commentaire composé à partir des réponses que vous aurez rédigées.

Physionomie, tempérament et émotions

Le corps des personnages, selon les règles de la physiognomonie, est donc révélateur de leur personnalité. Maupassant s'amuse de la dimension cocasse que permet cette théorie, faisant ressembler les personnages à des objets ou à des paysages. Mais plus généralement, le corps est aussi tout simplement le siège des sentiments. Le narrateur de la nouvelle donne à lire ceux des personnages non seulement en les décrivant, car il est omniscient, mais aussi – et

surtout – en les « donnant à voir » par la réaction corporelle.

Ainsi le corps de la prostituée est-il décrit en opposition avec ceux des autres femmes présentes, chacune d'entre elles étant le miroir de la sécheresse de leur tempérament ou de leurs sentiments. Les plus jolies voient leur beauté rendue discrète par les impératifs de leur condition sociale : c'est le cas de la jeune nonne et de la femme de M. Carré-Lamadon qui est « la consolation des officiers de bonne famille envoyés à Rouen en garnison » (voir p. 43, l. 17-18).

Les autres personnages répondent en partie aux théories de la physiognomonie : M. Loiseau est rougeaud et son ventre est comparé à un « ballon », ce qui est également un terme utilisé pour désigner un verre de vin. Marchand de vin, il ressemble à ce qu'il vend. Mme Loiseau a le physique carré et résolu qui la caractérise dans ses occupations professionnelles. Les bourgeois tentent de paraître aristocrates : M. Carré-Lamadon a l'attitude « digne » de qui appartient à une « caste supérieure », tandis que les aristocrates tentent, eux, de paraître issus de la famille royale : le comte Hubert de Bréville « s'effor[ce] d'accentuer, par les artifices de sa toilette, sa ressemblance naturelle avec le roy Henri IV » (voir p. 44, l. 4-6). Un peu plus tard, chacun bâille « à tour de rôle, suivant son caractère, son savoir-vivre et sa position sociale » (voir p. 49, l. 24-26). Le corps et ses attitudes sont donc révélateurs de ces trois critères.

Nous nous proposons d'étudier plus loin le cas particulier de la description des bonnes sœurs, qui donne l'occasion à Maupassant d'une critique grinçante de la religion.

Au cours de la nouvelle, le corps est le siège des émotions et révèle, plus que l'analyse psychologique, les bouleversements intérieurs des personnages. Boule de Suif devient rouge d'indignation quand on parle en mal de Badinguet (Napoléon III). Ensuite, devant l'officier prussien, elle veut être hautaine – Cornudet se compose aussi un visage, mais sa main tremble; elle revient « émue » de la messe (voir p. 83, l. 23). M. Follenvie est caractérisé essentiellement par son asthme, qui donne l'occasion à Maupassant d'une description particulièrement comique qui compare le tenancier de l'auberge à une locomotive. Les hommes étouffent de rire quand ils savent leur délivrance proche et les femmes, que la bienséance oblige à plus de retenue, se permettent de participer discrètement à l'hilarité générale. Le corps ne cesse de révéler les personnalités, les hypocrisies et les impératifs que la société souhaiterait garder cachés. Chez Maupassant, les corps deviennent des révélateurs, une lentille pour explorer les différentes facettes de la France de son temps.

GROUPEMENT DE TEXTES

Le corps féminin

Comparez le portrait de *Boule de Suif* avec ceux des femmes dans les trois extraits qui suivent : un passage de *L'Éducation sentimentale* de Flaubert, un autre de *Nana* de Zola et un passage d'un roman contemporain, *La Grande Beune* de Pierre Michon : que pouvez-vous en déduire sur la perception de la femme ?

Texte 1 - Flaubert, *L'Éducation sentimentale*

Frédéric Moreau est amoureux de Mme Arnoux qui, fidèle à son mari, se refuse à lui. En revanche, la maîtresse de ce même M. Arnoux, Rosanette, surnommée « la Maréchale », fille facile, s'offre de bon cœur. Il dîne avec elle et est importuné de la présence d'un autre prétendant, M. de Cisy.

— Si nous mangions, je suppose, un turban de lapins à la Richelieu et un pudding à la d'Orléans ?
— Oh ! pas d'Orléans ! s'écria Cisy, lequel était légitimiste et crut faire un mot.
— Aimez-vous mieux un turbot à la Chambord ? reprit-elle.
Cette politesse choqua Frédéric.
La Maréchale se décida pour un simple tournedos, des écrevisses, des truffes, une salade d'ananas, des sorbets à la vanille.
— Nous verrons ensuite. Allez toujours. Ah ! j'oubliais ! Apportez-moi un saucisson ! pas à l'ail !

Et elle appelait le garçon « jeune homme », frappait son verre avec son couteau, jetait au plafond la mie de son pain. Elle voulut boire tout de suite du vin de Bourgogne.

— On n'en prend pas dès le commencement, dit Frédéric.

Cela se faisait quelquefois, suivant le vicomte.

— Eh non ! Jamais !
— Si fait, je vous assure !
— Ah, tu vois !

Le regard dont elle accompagna cette phrase signifiait : « C'est un homme riche, celui-là, écoute-le ! »

[…]

Elle mordait dans une grenade, le coude posé sur la table ; les bougies du candélabre devant elle tremblaient au vent ; cette lumière blanche pénétrait sa peau de tons nacrés, mettait du rose à ses paupières, faisait briller les globes de ses yeux ; la rougeur du fruit se confondait avec le pourpre de ses lèvres, ses narines minces battaient ; et toute sa personne avait quelque chose d'insolent, d'ivre et de noyé qui exaspérait Frédéric, et pourtant lui jetait au cœur des désirs fous.

Gustave Flaubert, *L'Éducation sentimentale*,
Le Livre de Poche, 2009, p. 326-327.

Texte 2 - Zola, *Nana*

Nana est une prostituée célèbre pour sa beauté « grasse et blanche ». Elle entretient notamment une liaison avec Muffat et apprend que ce dernier est également trompé par sa femme, ce qu'il ignore. Allongée au coin de la cheminée, elle essaie de le mettre en garde contre les apparences et d'insinuer

que la sexualité peut avoir pour toute femme – même la sienne – une importance plus grande qu'il ne paraît le penser.

— Vois-tu, moi, je sais comment ça se passe... Eh bien, mon petit, les femmes n'aiment pas qu'on soit bête. Elles ne disent rien, parce qu'il y a de la pudeur, tu comprends... Mais sois sûr qu'elles en pensent joliment long. Et tôt ou tard, quand on n'a pas su, elles vont s'arranger ailleurs... Voilà, mon loup.

Il semblait ne pas comprendre. Alors elle précisa. Elle se faisait maternelle, elle lui donnait cette leçon, en camarade, par bonté de cœur. Depuis qu'elle le savait cocu, ce secret la gênait, elle avait une envie folle de causer avec lui.

— Mon Dieu! Je parle de choses qui ne me regardent pas... Ce que j'en dis c'est parce que tout le monde devrait être heureux... Nous causons, n'est-ce pas? Voyons, tu vas répondre bien franchement.

Mais elle s'interrompit pour changer de position. Elle se brûlait.

— Hein? il fait joliment chaud. J'ai le dos cuit... Attends, je vais me cuire un peu le ventre... C'est ça qui est bon pour les douleurs!

Et, quand elle se fut tournée, la gorge au feu, les pieds repliés sous les cuisses :

— Voyons, tu ne couches plus avec ta femme?

— Non, je te le jure, dit Muffat, craignant une scène.

— Et tu crois que c'est un vrai morceau de bois?

Il répondit affirmativement, en baissant le menton.

— Et c'est pour ça que tu m'aimes?... Réponds donc! je ne me fâcherai pas.

Il répéta le même signe.

— Très bien, conclut-elle. Je m'en doutais. Ah! ce pauvre chien!... Tu connais ma tante Lerat? Quand elle viendra, fais-toi conter l'histoire du fruitier qui est en face de chez elle... Imagine-toi que ce fruitier... Cré nom! que ce feu est chaud. Il faut que je me tourne. Je vais me cuire le côté gauche maintenant.

En présentant la hanche à la flamme, une drôlerie lui vint, et elle se blagua elle-même, en bonne bête, heureuse de se voir si grasse et si rose, dans le reflet du brasier.

— Hein? J'ai l'air d'une oie... Oh! c'est ça, une oie à la broche... Je tourne, je tourne. Vrai, je cuis dans mon jus.

Elle était reprise d'un bon rire [...].

Zola, *Nana*, Le Livre de Poche, 2008, p. 240-241.

Texte 3 - Pierre Michon, *La Grande Beune*

Dans le roman contemporain de Pierre Michon intitulé La Grande Beune, *le narrateur a vingt ans quand il arrive à Castelnau, en Dordogne. Près de la rivière nommée « la Grande Beune », il va tomber sous le charme de la buraliste, Yvonne, jeune femme d'une grande beauté.*

Je ne crois guère aux beautés qui peu à peu se révèlent, pour peu qu'on les invente; seules m'emportent les apparitions. Celle-ci me mit à l'instant d'abominables pensées dans le sang. C'est peu dire que c'était un beau morceau. Elle était grande et blanche, c'était du lait. C'était large et riche comme

Là-Haut les houris, vaste mais étranglé, avec une taille serrée ; si les bêtes ont un regard qui ne dément pas leur corps, c'était une bête ; si les reines ont une façon à elles de porter sur la colonne d'un cou une tête pleine mais pure, clémente mais fatale, c'était la reine. Ce visage royal était nu comme un ventre : là-dedans les yeux très clairs qu'ont miraculeusement les brunes à peau blanche, cette blondeur secrète sous le poil corbeau, cette énigme que rien, si d'aventure vous possédez ces femmes, ni les robes soulevées, ni les cris, ne dénoue. Elle avait entre trente et quarante ans. Tout en elle était connaissance du plaisir, celui sans doute qu'on entend d'habitude, mais celui aussi qu'elle dispensait à tous, à elle-même, à rien quand elle était seule et ne se voyait plus, seulement en posant là le gras de ses doigts, en tournant un peu la tête et alors les sequins d'or qu'elle avait aux oreilles touchaient sa joue, en vous regardant ou en regardant ailleurs, et ce plaisir était vif comme une plaie ; elle savait cela ; elle portait cela avec vaillance, avec passion. Allons, on ne peut en parler ; non, ça n'est pas né de l'argile : c'est comme le battement furieux de milliers d'ailes en tempête et il n'y a pourtant de matière plus comble, plus lourde, plus enferrée dans son poids. Le poids de ce mi-corps somme toute gracile en dépit de l'évasement des seins était considérable. Des paquets de cigarettes bien rangés derrière elle l'auréolaient. Je ne voyais pas sa jupe ; c'était pourtant là derrière le comptoir, démesuré, insoulevable. La pluie brusque fouettait les vitres : je l'entendais crépiter sur cette chair intacte. […]

Osais-je penser qu'elle pourrait être à moi ? Oui sans doute, et furieusement, mais par un miracle seul, à

peine plus étonnant après tout que celui qui permettait qu'elle existât, à Castelnau, et faisait naître d'une main divine des paquets de Marlboro. J'étais dans l'âge où l'on croit n'avoir rien à donner, rien qu'on puisse échanger contre tant de richesses, les cuisses et les seins, les sequins d'or et le cri des jupes, rien, et sûrement pas cette chose incongrue qui vous pousse magistralement au ventre.

Pierre Michon, *La Grande Beune*, © Éditions Verdier, 1996, p. 20-24.

2. Nourriture et gourmandise

Les repas

> De toutes les passions, la plus compliquée, la plus difficile à pratiquer supérieurement, la plus inaccessible au commun, la plus sensuelle au vrai sens du mot, la plus digne des artistes en raffinement, est assurément la gourmandise.
>
> Maupassant, *Chroniques*, Le Livre de Poche, « La Pochothèque », 2008, p. 1178.

La nouvelle est construite sur des effets de symétrie et de répétition : au cours des deux voyages en diligence ont lieu deux scènes de repas, qui marquent le contraste de la situation initiale et de la situation finale. Mais plus largement, les quelques journées passées à l'auberge sont rythmées par les repas, qui deviennent des sortes de rituels.

Dans la description des repas partagés par les personnages de *Boule de Suif*, ce ne sont pas tant les mets qui paraissent intéresser le narrateur que les divers comportements des convives. L'évocation des plaisirs et de leurs manifestations propres à chacun peut se lire comme un nouvel élément de caractérisation des personnages à travers les indices que donnent le jeu des sens et les attitudes corporelles.

ÉTUDE DE SCÈNES

Les repas

La scène du panier (voir p. 50-55)

1 - Relevez les éléments de description des objets et des mets qui font appel au sens de la vue.

2 - Comment sont convoqués ensuite les autres sens ?

3 - Notez les éléments scientifiques de la description de la scène de dégustation.

La scène de l'auberge (voir p. 63-64)

1 - En quoi la nourriture paraît-elle s'associer à d'autres traits distinctifs des personnages dans cette scène ? Étudiez le cas de Cornudet, de M. Follenvie et de sa femme.

2 - Quelle image est donnée des soldats français et prussiens ?

PROLONGEMENTS : SCIENCES DE LA VIE ET DE LA TERRE

Maupassant et Pavlov

La description de Maupassant n'est pas sans rappeler la théorie dite « du chien de Pavlov ». Le Russe Ivan Petrovitch Pavlov (1849-1936), contemporain donc de Maupassant, reçut le prix Nobel de physiologie et médecine en 1904. Ses recherches à partir des années 1880 mais surtout au cours des années 1890 concernent ce que l'on appellera par la suite « les réflexes conditionnés », c'est-à-dire les réflexes corporels qui naissent de l'expérience : l'habitude apprend au corps à réagir en fonction de certains stimuli. L'exemple utilisé par Pavlov est celui de l'expérience réalisée sur un chien : Pavlov s'est interrogé sur la production de salive chez l'animal avant même qu'il ait goûté aux aliments. Il a démontré que cette action des glandes salivaires pouvait être provoquée par différents types de stimuli : l'odeur de la nourriture, certes, que le chien a pu associer à la proximité du repas, mais aussi tout autre appel des sens si celui-ci est répété quelques fois avant que ne soit apportée l'écuelle ; l'exemple le plus célèbre est celui d'une cloche qui retentit avant chaque repas. Au son de la cloche, le chien salive.

La description de Maupassant se situe dans cette perspective scientifique. L'écrivain s'est en effet intéressé aux découvertes physiologiques de son temps et décrit avec précision les symptômes de la faim (le creux à l'estomac, les bâillements), puis ceux que provoque

l'aspect du panier de Boule de Suif, qui se rapprochent beaucoup de ceux qu'étudiera Pavlov quelques années après la rédaction de la nouvelle : « Puis l'odeur se répandit, élargissant les narines, faisant venir aux bouches une salive abondante avec une contraction douloureuse de la mâchoire sous les oreilles » (voir p. 51, l. 20-24). Les manifestations du corps sont au centre de la nouvelle, et peuvent adopter un aspect presque clinique sous la plume de l'écrivain réaliste.

Nourriture et bas corporel

La nourriture est aussi associée au bas corporel*. On peut noter dans *Boule de Suif* que l'évocation des repas paraît s'accompagner, plus discrètement certes, mais de manière significative, de celle des toilettes.

C'est là que se rend Boule de Suif le premier soir dans l'auberge, quand Loiseau la guette par le trou de la serrure de sa chambre. Ceux-ci sont désignés par une périphrase : elle « se dirigeait vers le gros numéro tout au fond du couloir » (voir p. 67, l. 5-6) Le lieu est donc évoqué de manière implicite, comme par une forme de pudeur, mais c'est la seule pièce qui est précisée et c'est là que se jouent ce que Loiseau appelle « les mystères du corridor ».

Cornudet entrouvre la porte de sa chambre, Boule de Suif défend l'entrée de la sienne. La conversation

est rendue en focalisation interne, par l'intermédiaire de Loiseau, or celui-ci n'entend pas tout. Une phrase cependant lui parvient clairement : « Non, mon cher, il y a des moments où *ces choses-là* ne se font pas ; et puis, ici, ce serait une honte » (voir p. 67, l. 18-20, c'est nous qui soulignons). Loiseau est tout émoustillé par son acte de voyeurisme et enlace sa femme quand il regagne son lit. Or cette scène redoublera l'hilarité des convives le soir de la « libération », car elle expliquerait selon Loiseau que Cornudet ne s'associe pas à la joie des convives. En effet, il ne pourrait rire d'avoir été repoussé alors que Boule de Suif se donnera finalement à l'officier prussien.

Repères

Le **bas corporel :** cette expression a été introduite en littérature par un critique, Mikhaïl Bakhtine[1]. Elle désigne les références dans les textes littéraires à tout ce qui a trait au bas du corps : la sexualité, mais surtout les excréments. Cette référence réaliste à la vie du corps est relativement rare dans les œuvres du XIXᵉ siècle, alors qu'elle était plutôt fréquente dans

1. *L'Œuvre de François Rabelais et la culture populaire*, Gallimard, coll. « Bibliothèque des Idées », 1979.

celles du XVIᵉ siècle, Rabelais ou Montaigne introduisant par exemple dans leurs écrits pourtant très différents des considérations sur la fréquence de la défécation et son importance.

QUESTIONS DE COMPRÉHENSION

La scène des « mystères du corridor »

Cette scène associe le sexe aux excréments, tout ce dont ces braves gens se veulent très éloignés. Dans cette perspective, relisons le passage suivant. Ne pourrait-on pas interpréter cette note réaliste comme une métaphore de la nouvelle ? « La diligence, attelée enfin, attendait devant la porte, tandis qu'une armée de pigeons blancs, rengorgés dans leurs plumes épaisses, avec un œil rose, taché, au milieu, d'un point noir, se promenaient gravement entre les jambes des six chevaux, et cherchaient leur vie dans le crottin fumant qu'ils éparpillaient » (voir p. 94, l. 2-7).

II. LE CORPS DANS LA GUERRE

Boule de Suif est un récit de guerre. *Les Soirées de Medan* ne regroupent d'ailleurs que des nouvelles dont l'intrigue se déroule pendant la guerre franco-allemande de 1870. Le génie de Maupassant est d'avoir écrit un récit de guerre qui n'ait pas la guerre pour objet. Les soldats errent au début, en guenilles, mais jamais les défaites militaires ne sont évoquées en détail, aucun des personnages ne connaît l'horreur du front. Il s'agit de personnages à l'abri, qui n'ont pas souffert de la faim. L'enjeu de ces corps repus désigne en réalité en creux l'hécatombe de cette guerre excessivement meurtrière.

1. Hommes et femmes de l'arrière : le corps social

L'influence de la guerre sur les civils

Il est intéressant de souligner que la question du corps, en général, porte sur la perception, voire la manipulation, du corps féminin. Le corps de l'homme, dans *Boule de Suif*, n'est que rarement érotique : il exprime un désir, mais en provoque peu. Tout se passe comme si la guerre avait ôté toute possibilité d'attrait viril du corps. Les soldats sont déshumanisés, leurs corps sont fantomatiques et les hommes restés à l'arrière ont perdu leur virilité. « Beaucoup de bourgeois bedonnants, émasculés par le commerce, attendaient anxieusement les vainqueurs, tremblant

qu'on ne considérât comme une arme leurs broches à rôtir ou leurs grands couteaux de cuisine » (voir p. 33, l. 22-p. 34, l. 2). L'irrésistible allitération en [b] qui accentue le comique du début de la phrase paraît proposer une définition de nature, une caractéristique essentielle de ces hommes restés à l'abri des combats. Ils sont bedonnants, donc attachés à la bonne chère, et ils redoutent ici d'être appréhendés eux-mêmes comme des victuailles.

Le seul soldat qui soit dûment identifié dans la nouvelle est l'officier prussien. Mais alors sa description est l'occasion d'une variante dans les modalités d'une dévirilisation des personnages masculins : « À côté du cocher se tenait, en pleine lumière, un officier allemand, un grand jeune homme excessivement mince et blond, serré dans son uniforme comme une fille en son corset » (voir p. 59, l. 18-21). Cet officier prussien, qui réclame que l'on accède à ses désirs, ou plutôt à son désir de femme, est lui-même comparé explicitement à une coquette qui souligne sa taille pour mettre en valeur ses charmes. Il est donc tout aussi dévirilisé que les bourgeois de Rouen. Cependant, il reste le seul homme à troubler les personnages féminins qui, elles aussi, éprouvent du désir et sont émoustillées – tout particulièrement Mme Carré-Lamadon – par le sort de Boule de Suif qui doit se donner au bel officier efféminé.

Vers les autres nouvelles : la moustache, emblème du soldat français et l'élégant capitaine Épivent du Lit 29

Le charme du corps masculin, souvent lié à une certaine coquetterie, est un sujet plus présent dans les deux autres nouvelles que dans *Boule de Suif*.

Dans *La Moustache*, c'est le corps de l'homme qui est ici au centre de la lettre d'une jeune femme. La virilité, l'érotisme paraissent tout entiers concentrés dans la moustache. On pourrait penser, à la lecture, que le mari de Jeanne est un Samson dont la force serait non dans les cheveux mais dans la moustache. Une fois dépossédé de celle-ci, il perd toute sa force, qui est tout simplement son pouvoir de séduction. La lettre, légèrement grivoise, laisse supposer que la moustache a, à elle seule, des talents érotiques insoupçonnés. Mais la nouvelle devient plus grave sur la fin, car un souvenir de jeunesse associe cette caractéristique physique à un massacre de la guerre de 1870. La moustache est alors très en vogue et presque tous les Français la portent, contrairement aux Allemands, qui portent la barbe. Voir des soldats moustachus fait comprendre à la jeune fille que ce sont des hommes de son pays qui gisent dans son jardin.

L'objet au centre de la lettre, qui donne même son titre à la nouvelle, est donc de nouveau à la croisée de la séduction et du combat guerrier. Le corps est l'objet des fantasmes et celui d'un sacrifice que Maupassant juge avec toute la sévérité de l'ironie.

Dans *Le Lit 29*, le capitaine Épivent se promène en terrain conquis dans les rues de Rouen. Il parade dans son uniforme, exhibant son corps musclé. C'est en effet le corps de l'homme qui a ici aussi son importance. La beauté d'Irma n'en a guère : elle est pour Épivent un trophée, car il a su séduire la maîtresse d'un puissant bourgeois. En revanche, Maupassant s'amuse à décrire les « atouts » physiques du hussard : il répète en chiasme ses trois points forts dès le début du récit : « [...] fier et préoccupé de sa cuisse, de sa taille et de sa moustache. Il les avait superbes, d'ailleurs, la moustache, la taille et la cuisse » (voir p. 116, l. 4-7). Il est ensuite question de son jarret, de ses pieds, de ses bras, de ses jambes, de son torse, puis, dans le détail, de sa « jolie tête ». Mais aussi de sa redingote, de son pantalon, de son dolman. Il se veut héros guerrier, mais n'estime les hommes qu'à leur carrure et à leurs habits. Il n'espère la croix de guerre qu'en tant qu'ornement supplémentaire, et sait que sa réputation de séducteur pourrait l'aider à l'obtenir. L'attention au corps n'est donc pas celle qui pouvait être attendue d'un soldat à l'époque de Maupassant. Le narrateur tourne en ridicule la préciosité de cet homme amoureux de son reflet.

La politique, une question masculine

Le corps des hommes paraît donc nié en partie. Ils éprouvent parfois du désir (Cornudet et Loiseau pour

Boule de Suif), mais n'en provoquent presque pas. Et ils paraissent vouloir se situer au-dessus de ces pulsions, plus inquiets des questions d'argent et de politique. Les femmes qui se rencontrent dans la diligence, malgré la différence de leurs conditions, trouvent un sujet d'entente : le bien-être corporel que leur procurent les chaufferettes. Les hommes trouvent le leur : l'argent. Mais, écrit Maupassant, ce qui lie les hommes entre eux, dans une opposition au personnage de Cornudet, est un « instinct conservateur », c'est-à-dire des opinions politiques et le sens de leur intérêt personnel, tandis que ce qui rassemble les femmes, dans une opposition cette fois au personnage de Boule de Suif, c'est « leurs dignités d'épouses en face de cette vendue sans vergogne » (voir p. 47, l. 22-24). Ce qui définit les femmes, c'est leur mariage et la légitimité de « l'amour légal [qui] le prend toujours de haut avec son libre confrère » (voir p. 47, l. 24-25). Les femmes, qui sont considérées comme des mineures par le Code civil de Napoléon, sont donc avant tout des épouses, mais cette distinction est liée à un attribut secondaire : elles se caractérisent par le type d'amour charnel qu'elles dispensent. Amour conjugal ou amour libre de la prostituée. Les hommes se réunissent autour d'intérêts sociaux qui sont liés à l'argent, les femmes autour d'intérêts sociaux qui sont liés à l'amour des corps.

Et cette même dichotomie se retrouve dans la relation que chacun des sexes entretient avec la politique.

Quand Boule de Suif évoque son patriotisme, Cornudet la regarde en « homme à soutane ». La comparaison est parlante : la femme a refusé son corps aux Prussiens et a voulu en étrangler un, l'homme républicain est un prêcheur… qui aurait fait vœu de chasteté ! Puis ce même Cornudet fait « un morceau d'éloquence où il étrill[e] magistralement cette "crapule de Badinguet" », tandis que Boule de Suif réagit par l'émotion, devenant rouge et « bégayant d'indignation » car elle est « bonapartiste » (voir p. 57, l. 4 et 5). Et Maupassant ne s'arrête pas à cette comparaison parlante des deux personnages, l'un usant d'une rhétorique religieuse, l'autre entraîné par des émotions que le corps révèle ; il généralise cette opposition en parlant de « cette instinctive tendresse que nourrissent toutes les femmes pour les gouvernements à panache et despotiques ». Malgré les opinions politiques de leurs maris respectifs, la comtesse et les deux bourgeoises reconnaissent en Boule de Suif « les sentiments [qui] ressembl[ent] si fort aux leurs » (voir p. 58, l. 1-2). Les femmes réfléchissent donc avec leurs sentiments, même en ce qui concerne la politique. Et elles sont séduites par des démonstrations de virilité : le panache et la force. Maupassant se moque tout autant ici des hommes que des femmes. Cependant, les uns sont moqués pour leur lâcheté et leur égoïsme, tandis que les autres, du moins Boule de Suif, font preuve d'un certain courage, mais n'ont de raisonnement qu'à travers leurs sentiments et émotions.

Prolongements : histoire

Femme et citoyenneté

Les femmes ont longtemps été évincées de toute participation à la politique. Le suffrage universel instauré après la Révolution était… universellement masculin. La femme est considérée comme une « mineure », sous la tutelle de son mari par le Code civil de Napoléon, datant de 1804. Et malgré les écrits de nombreux hommes et femmes choqués par cet écart de considération dans le pays des « droits de l'homme », la situation n'a évolué que dans la fin de la première moitié du XX^e siècle. Victor Hugo avait beau reprendre l'idée de Condorcet, mais aussi de femmes comme Olympe de Gouges, selon laquelle il y avait en France « une esclave » qui était la femme, la peur est trop grande encore pour lui octroyer le droit de vote. L'une des raisons évoquées est précisément que la femme voterait comme son mari, ou bien comme son confesseur. Les partis conservateurs paraissent refuser cette avancée au nom d'une domination de l'homme sur son épouse, mais les partis plus progressistes la refusent aussi de peur qu'un vote féminin ne soit trop favorable à l'Église. En France, le droit de vote n'est accordé qu'en 1944 (mais elles participent pour la première fois au scrutin en avril 1948). Dans certains cantons suisses, il faudra attendre 1971 ! Plus généralement, bien que la participation citoyenne des femmes en France ne soit aujourd'hui plus remise

> en question, leur présence au sein de l'appareil politique continue de poser problème. Seule une femme a accédé aux fonctions de Premier ministre (Édith Cresson de mai 1991 à avril 1992) et la candidature d'une femme aux élections présidentielles de 2007 a été vécue comme une grande avancée… et comme un péril par certains ! Les femmes à l'Assemblée nationale sont beaucoup moins nombreuses que les hommes, c'est pourquoi ont été introduites des politiques de quotas. Et on remarquera qu'elles sont encore souvent jugées sur leur apparence, comme cela a été le cas en 2012, quand une ministre (Cécile Duflot) a osé porter une robe à l'Assemblée nationale et a dû prononcer son discours sous les sifflements pseudo-admiratifs, véritablement misogynes, d'un bon nombre de députés.

2. Le corps des soldats

La guerre, quant à elle, est perçue comme une mise à disposition de l'État des corps des citoyens. Même si les personnages de la nouvelle fuient le front et qu'ils n'évoquent que rarement les combats qui font rage, préférant se concentrer sur leur confort personnel, on trouve, bien sûr, des allusions à la guerre dans *Boule de Suif*.

Les soldats sont considérés comme de la « chair à canon ». Ils sont privés de leur individualité pour

n'être réduits qu'à des corps en lambeaux. C'est le cas dès le début de la nouvelle, dont l'incipit* évoque la débâcle des troupes françaises en un tableau pathétique : les hommes sont réduits à l'état d'hommes primitifs à « la barbe longue et sale », aux « uniformes en guenilles » et seuls leurs corps « accablés, éreintés » sont signe de leur présence puisqu'ils sont « incapables d'une pensée ou d'une résolution » (voir p. 31, l. 7-8). La guerre leur a ôté toute caractéristique humaine, l'homme étant, depuis Aristote, différencié de l'animal précisément par sa raison, donc sa faculté de penser. La guerre décime l'humain et le transforme en « débris » (voir p. 32, l. 3).

Repères

Un **incipit** est le nom donné aux premiers mots d'un récit. Certains sont restés célèbres, comme celui de *À la recherche du temps perdu* de Proust : « Longtemps je me suis couché de bonne heure. » On attend généralement d'un incipit qu'il donne les éléments nécessaires à la compréhension de l'intrigue : la cadre spatial et temporel et éventuellement la présentation des personnages principaux, ce qui n'est pas le cas ici, Maupassant s'attachant avant tout à donner un cadre à son intrigue. Cependant, ce cadre, qui ne sera rappelé que de façon allusive dans le reste de la nouvelle, a une grande importance

puisque le récit peut être considéré comme une métaphore des agissements provoqués par la guerre, même si ceux-ci sont relatés du point de vue de l'arrière, c'est-à-dire des civils, de ceux qui n'ont pas connu l'horreur de la bataille.

L'**excipit** est le nom donné au dénouement d'un récit.

La bestialité du soldat

Il n'y a qu'un pas entre la description d'un corps épuisé et incapable de penser à la comparaison animale. Or c'est celle qu'on trouve de manière explicite dans le discours de Mme Follenvie, la patronne de l'auberge de Tôtes : « […] quand on extermine nos garçons comme du gibier, avec des fusils, c'est donc bien, puisqu'on donne des décorations à celui qui en détruit le plus ? » (voir p. 65, l. 14-16). Non seulement les soldats sont désignés métaphoriquement comme des animaux, mais en plus comme de simples proies de chasseurs, ce qui n'est pas sans rappeler, d'une part, le court passage de la lettre de Maupassant au directeur du *Gaulois* que nous avons citée précédemment (voir p. 27, où il évoquait les piètres talents de chasseur de Zola, et d'autre part le nom de certains corps de l'armée évoqués par le narrateur au début de la nouvelle : les « officiers de hussards » s'opposant aux « officiers de chasseurs » (voir p. 36,

l. 23). L'appellation même de ce corps de la cavalerie annonce la couleur : l'ennemi, des deux côtés, n'est pas autre chose qu'un gibier, un corps animal dont on peut se nourrir.

La nourriture est de plus au centre de la relation à l'occupant. À Rouen, « au bout de quelque temps, une fois la première terreur disparue, un calme nouveau s'établit. Dans beaucoup de familles, l'officier prussien mangeait à table » (voir p. 35, l. 22-23). Partager le repas est signe d'une acceptation et d'un espoir de protection. Mais la nourriture est aussi évoquée de façon métaphorique par le narrateur : l'occupation paraît empester l'air et « l'odeur de l'invasion [...] emplissait les demeures et les places publiques, changeait le goût des aliments » (voir p. 37, l. 2-3). La nourriture est donc au cœur de toute relation, de toute question politique ou patriotique. Et lorsque Mme Follenvie décrit l'occupant, c'est encore sous cet angle : « Oui, madame, ces gens-là, ça ne fait que manger des pommes de terre et du cochon, et puis du cochon et des pommes de terre. Et il ne faut pas croire qu'ils sont propres. – Oh non ! – Ils ordurent partout, sauf le respect que je vous dois. [...] Faut-il que le pauvre peuple les nourrisse pour n'apprendre qu'à massacrer ! » (voir p. 64, l. 15-p. 65, l. 4). On voit que le bon sens populaire de la patronne de l'auberge souligne un lien entre la nourriture et le massacre, les soldats prussiens étant réduits à des

machines à manger et à tuer. Comme si la nourriture était le carburant nécessaire à leurs crimes. Elle évoque aussi de façon implicite une autre comparaison : par l'évocation en chiasme des « cochons et des pommes de terre », puis la considération sur le manque d'hygiène de l'occupant qui « ordure » partout, elle laisse entendre de façon assez claire qu'elle fait un parallèle entre le cochon et le soldat. Les soldats français, pour lesquels les personnages éprouvent de l'empathie, sont donc réduits à un simple gibier de chasseur, tandis que les officiers prussiens sont des cochons qu'ils ont l'obligation d'engraisser. Si la connotation n'est pas la même, il n'en reste pas moins que tout soldat est réduit à sa métaphore animale de corps voué à l'engraissement ou à la mort.

3. *La Marseillaise*

Cornudet fredonne *La Marseillaise* à la fin de la nouvelle : il s'agit avant tout d'un chant patriotique de la Révolution et de l'hymne national de la République.

Cornudet est, comme nous l'avons dit, le personnage républicain face à des représentants de la noblesse, de la haute bourgeoisie et de commerçants enrichis, qui ne prônent pas l'égalité des citoyens. Il s'agit donc avant tout d'une provocation de la part du « démoc », car *La Marseillaise* avait été interdite sous le Second Empire. Cornudet, à sa façon, dénonce

À LA LOUPE

L'histoire d'un hymne

Ce chant a été écrit, à Strasbourg, par Rouget de Lisle en 1792 en l'honneur de l'armée du Rhin qui se battait contre l'invasion allemande. Il a été décrété hymne national de 1795 jusqu'au retour de Napoléon et à la proclamation de l'Empire en 1804, puis il sera rétabli par la IIIe République en 1879. Il a donc été écrit face au même envahisseur (l'envahisseur allemand) que celui que fuient les Normands et il est synonyme d'une République qui n'a pas encore été rétablie au moment de l'intrigue de *Boule de Suif*. Le Second Empire de Napoléon III est en train de s'écrouler, mais la IIIe République n'est pas encore installée. En revanche, au moment de la rédaction de la nouvelle, ce chant, qui irrite les oreilles des personnages, est bien redevenu l'hymne national.

l'hypocrisie de l'assemblée qui a vendu le corps de Boule de Suif, bien que lui-même ne s'y soit opposé d'aucune façon, se contentant de manifester son désaccord en parlant d'« infamie »... mais quand il était déjà trop tard. Cependant, il est aussi important de constater que cet hymne fait la part belle au sacrifice, donc aux corps des soldats. Il est à noter que

l'un des passages les plus célèbres – puisqu'il s'agit du refrain – est souvent mal interprété :

> Aux armes, citoyens !
> Formez vos bataillons !
> Marchons, marchons !
> Qu'un sang impur
> Abreuve nos sillons !

Le « sang impur » n'est pas celui de l'ennemi, mais bien celui des soldats eux-mêmes. En effet, sous l'Ancien Régime, les nobles étaient caractérisés par la « pureté » de leur sang. Il existait la noblesse de sang et la noblesse nouvellement acquise, par ordonnance du roi. La noblesse de sang revendiquait le « sang bleu » qui coulait dans ses veines, c'est-à-dire que l'on estimait qu'il existait une particularité biologique qui justifiait que ces familles ne se marient qu'entre elles, pour ne pas entacher le sang de leurs lignées, qu'ils faisaient remonter à d'illustres ancêtres. Le « sang impur » de *La Marseillaise* est donc, tout simplement, celui des soldats, des paysans ou des bourgeois, ceux qui n'ont pu échapper à la guerre. Il n'y a donc pas de sous-entendus xénophobes dans cet hymne, l'ennemi n'est pas concerné et il ne s'agit pas tant d'une fureur guerrière qui vise à répandre le sang d'autrui qu'un chant de sacrifice d'un peuple prêt à perdre la vie pour ses idées et sa patrie. Ce que

l'on peut également voir dans le couplet qui parle des « aînés » tombés au combat :

> Bien moins jaloux de leur survivre
> Que de partager leurs cercueils,
> Nous aurons le sublime orgueil
> De les venger ou de les suivre.

Et c'est à ce dernier couplet que succède celui que cite Maupassant, par l'intermédiaire du personnage de Cornudet (voir p. 99, l. 7-10) :

> Amour sacré de la Patrie,
> Conduis, soutiens, nos bras vengeurs,
> Liberté, Liberté chérie,
> Combats avec tes défenseurs !

On notera l'ironie acerbe de ce couplet dans la situation énonciative : les personnages en effet ne défendent pas leur patrie, mais sont en fuite, et ils ne se sont pas battus contre l'occupant ; bien au contraire, ils lui ont livré l'une d'entre eux pour assurer leur débandade. Cette « liberté chérie », ils ne la défendent pas en tant qu'idéal patriotique ou républicain, mais tout simplement en tant que protection égoïste de leurs intérêts.

Mais on remarquera également que le corps est présent par synecdoque* dans cet extrait. « Nos bras vengeurs » impliquant en réalité tout le corps des soldats, en même temps que leur courage.

Repères

La **synecdoque** est une figure de style. C'est un cas particulier de la **métonymie**.

La métonymie implique le remplacement d'un mot par un autre avec lequel il entretient un lien logique, ou de proximité. Par exemple, la métonymie remplacera le contenu par le contenant « boire un verre » ou encore « je n'ai plus de batterie » (en réalité, cela désigne l'énergie accumulée dans la pile appelée « batterie »); l'œuvre par l'artiste « j'ai lu un Balzac »; les institutions par la ville : « Bruxelles a décidé de nouvelles mesures économiques » (ce qui signifie que c'est la Commission européenne, qui siège à Bruxelles, qui l'a fait).

La synecdoque implique ce même rapport de lien logique, mais dans le cas particulier d'une inclusion, d'une dépendance entre les deux termes. Par exemple, la « voile » va désigner le bateau dans son ensemble, on cite une partie pour se référer au tout. Ici, le « bras vengeur » est donc une partie du corps des soldats qui renvoie à la fois à *leur corps entier*, qui s'expose au combat, et à *leur bravoure*, le bras étant l'instrument qui accomplit la vengeance, le symbole de leur courage.

À LA LOUPE

Une synecdoque particulière : le bras du guerrier

Cette synecdoque du « bras vengeur » a une grande fortune en littérature et n'est donc pas utilisée innocemment par Rouget de Lisle. Elle est notamment présente dans une célèbre tirade du *Cid* de Corneille. Don Diègue, le père de Rodrigue, vient de recevoir une gifle de la part du Comte, le père de Chimène. C'est une grande humiliation pour celui qui fut l'un des héros guerriers les plus valeureux de son temps. Cependant, Don Diègue est vieux et ne peut plus répliquer à un affront comme celui-ci, il évoque alors de façon pathétique ce bras qui fut le symbole de sa gloire et qui, aujourd'hui affaibli par la vieillesse, n'a plus la force de se battre :

> Ô rage! ô désespoir! ô vieillesse ennemie!
> N'ai-je donc tant vécu que pour cette infamie?
> Et ne suis-je blanchi dans les travaux guerriers
> Que pour voir en un jour flétrir tant de lauriers?
> **Mon bras,** qu'avec respect toute l'Espagne admire,
> **Mon bras,** qui tant de fois a sauvé cet empire,
> Tant de fois affermi le trône de son roi
> Trahit donc ma querelle et ne fait rien pour moi?

Corneille, *Le Cid*, I, 4, Le Livre de Poche, 2008.

On voit ici que le bras est personnifié, comme source de combats héroïques et de gloire, puis comme membre presque invalide, qui trahit le corps auquel il appartient

> en se refusant à se battre. Le bras est la synecdoque*
> du corps entier, et c'est le corps qui personnifie le courage et la gloire guerrière.

4. Le corps des femmes et la guerre

La nouvelle *Boule de Suif* peut se présenter comme une parabole* du rôle du corps de la femme dans la guerre. Le groupe des Français est représentatif de la société du temps, en tout cas de celle restée à l'arrière : des commerçants, de grands bourgeois, des aristocrates, un républicain, des bonnes sœurs, représentantes de la religion catholique, et une prostituée. Cette dernière a pour mission de sauver cet échantillon du peuple français. Le corps des hommes pauvres est sacrifié dans les batailles, mais à l'arrière, c'est le corps des femmes qui doit délivrer les Français.

Repères

La **parabole** est un récit qui acquiert une portée symbolique. L'histoire vaut pour elle-même, mais elle a aussi une portée démonstrative, elle s'attache à révéler une réalité qui la dépasse sur une situation historique ou sur l'existence humaine en général.

VERS LA DISSERTATION

Boule de Suif n'est-elle qu'un corps ?

Proposition d'axes d'étude :

1 - Un personnage caractérisé par son corps, dont Boule de Suif tire profit.

2 - Un objet d'échange pour autrui : un corps-marchandise.

3 - La perspective du narrateur et de l'auteur : l'*incarnation* de valeurs humaines.

III. LE CORPS COMME OBJET D'ÉCHANGE

Les hommes qui se battent voient leurs corps décimés à la guerre, mais ceux restés à l'arrière cherchent à vendre le corps de la femme qui « appartient à tous », c'est-à-dire qui n'appartient à personne. Les hommes sont de la chair à canon, Boule de Suif sera de la chair à lit de Prussien. La nouvelle peut donc se lire comme un déplacement des enjeux guerriers du front à l'auberge, quand les stratèges ne sont que de lâches fuyards et que la rançon se trouve être est une jeune femme patriote.

1. Le sacrifice de la prostituée patriote

Boule de Suif est un personnage relativement conformiste : elle adopte l'idéologie bourgeoise, en respectant la patrie, la religion (comme le montre son envie d'aller à la messe) et l'empereur, qu'elle défend bec et ongles. Elle est cependant la plus patriote de cette petite assemblée, ce dont tous se rendent compte dans le trajet en diligence, lorsqu'elle raconte le sort qu'elle a réservé au Prussien qui voulait venir chez elle (voir p. 56, l. 4-17).

Cette sortie de la prostituée impressionne la compagnie. Chacun, selon le narrateur, prend conscience qu'il n'aurait pas eu le même courage. Seul Cornudet se sent comme « un prêtre entend un dévot louer

Dieu » (voir p. 56, l. 23). Cornudet, représentant et symbole des républicains, pense avoir le « monopole du patriotisme ». Or, lui non plus n'a pas agi. Non seulement il fuit Rouen comme les autres, mais lorsqu'il se retrouve dans l'auberge, il entreprend de séduire Boule de Suif, qui se rebiffe à l'idée qu'un homme puisse vouloir avoir avec elle des relations sexuelles sous le même toit qu'un Prussien. Le narrateur note alors que la conviction patriotique de Boule de Suif réveille en Cornudet sa « dignité défaillante ». Enfin, il ne fera rien pour l'empêcher de se sacrifier à la fin.

Boule de Suif représente en quelque sorte la résistance à l'occupant : elle est assiégée de toutes parts et refuse de se rendre. Pourtant, ce n'est pas l'ennemi qui la contraindra, mais ses alliés supposés, ses compatriotes qui préfèrent collaborer.

Vers Le Lit 29

Cette description de la « prostituée patriote » est considérée comme un lieu commun de certains écrits du XIX[e] siècle et des nouvelles de Maupassant en particulier. À cette époque, il n'est pas rare que d'anciennes femmes du monde, des paysannes abandonnées par leur mari ou des servantes vendent leurs charmes. On retrouve en effet un personnage similaire à celui de Boule de Suif dans la nouvelle intitulée *Le Lit 29*. Ici, le récit est plus resserré encore et il se concentre sur un

seul couple, celui du capitaine Épivent et de sa maîtresse, Irma.

Nous avons vu que le capitaine Épivent était orgueilleux de sa prestance, et l'amour d'Irma accentue encore son sentiment de puissance. Le personnage féminin est certes fier de sortir au bras de son amant, mais c'est plutôt la sincérité de son attachement qui est mise en exergue. Et plus encore, c'est son sacrifice, qui se traduit tout entier dans sa condition physique : alors qu'Épivent revient de la guerre auréolé de ses combats et de la croix de la Légion d'honneur, Irma est en train de mourir dans un hôpital. Elle est méconnaissable. Sa beauté a fui. Le corps est alors uniquement un corps souffrant, le siège de la maladie. Les corps féminins se confondent dans la salle de l'hôpital, tous dénués d'attraits, simples chairs en train de pourrir.

Il serait à ce propos intéressant de relire le discours du commerçant, qui compare le sang du boucher au sang que verse le soldat. La chair de la femme est bien une viande avariée pour Épivent.

Et pourtant, cet état est pour Irma la conséquence de son sacrifice volontaire. Elle se différencie en cela de Boule de Suif, car c'est par vengeance qu'elle a refusé de se soigner, et non par pitié de ses compatriotes. Plus précisément, la prostituée a refusé volontairement de soigner sa maladie vénérienne pour pouvoir la transmettre aux ennemis et en tuer le plus grand nombre possible : « Qu'est-ce qui est honteux,

de m'être fait mourir pour les exterminer, dis ? [...] Tu n'en aurais pas fait autant, toi, avec ta croix d'honneur ! Je l'ai plus méritée que toi, vois-tu, plus que toi, et j'en ai tué plus que toi, des Prussiens !... » (voir p. 133, l. 27-p. 134, l. 5). Le soldat gradé ne veut pas entendre cette vérité crue : la prostituée a choisi sa mort pour participer à la guerre contre l'ennemi. Mais ni son patriotisme ni son sacrifice ne peuvent être entendus par une société qui la méprise.

Le corps devient une arme pour la femme. Une arme qui inocule la mort, seulement dans la mesure où elle porte la mort en elle, où le corps condamne la jeune femme elle-même. Le personnage est donc, elle aussi, une « prostituée patriote », mais malgré sa mort et le mépris de son ancien amant, c'est elle qui aura le dernier mot dans la nouvelle de Maupassant. Alors que Boule de Suif ne parvient pas à insulter ceux qui l'ont sacrifiée à leur confort, les mots d'Irma résonnent à la fin du récit dans les couloirs de l'hôpital et dans l'esprit du lecteur : « [...] j'en ai tué plus que toi... »

Le risque n'est pourtant pas uniquement symbolique. Maupassant donne à la situation un caractère critique qui rend compte concrètement du danger que pourraient courir les fuyards sans Boule de Suif. C'est à M. Carré-Lamadon qu'il revient de « remarqu[er] que si les Français faisaient, comme il en était question, un retour offensif par Dieppe, la rencontre ne pourrait avoir lieu qu'à Tôtes » (voir p. 78, l. 26-p. 79, l. 1). En fuyant, les Rouennais paraissent donc s'être jetés dans

la gueule du loup. Ils se sont échappés d'une ville assiégée pour se retrouver retenus dans une ville plus petite qui pourrait devenir le décor d'une véritable bataille armée. L'enjeu n'est donc pas seulement symbolique. L'échantillon de la société française que représentent les personnages risque de se retrouver sur un front qu'ils n'ont jamais connu, et leurs corps seraient éventuellement des cœurs de cible. Il faut donc en sacrifier un pour permettre aux autres de sauver leur peau. La victime est, bien entendu, toute trouvée.

Et c'est en chefs guerriers, c'est-à-dire en stratèges, que les différents membres de cette armée en fuite décident de convaincre la prostituée de la nécessité de son sacrifice.

ÉTUDE DE SCÈNES

Le dîner stratégique (voir p. 83, l. 23-p. 88, l. 13)

De « La grosse fille, encore émue… », voir p. 81, à « Personne ne dit rien après elle, tant l'effet semblait excellent », voir p. 86).

Il s'agit pour les convives de convaincre Boule de Suif d'accepter les avances de l'officier prussien. Après s'être rangés de son côté, les personnages finissent par ne plus comprendre les réticences de la prostituée qui refuse de « faire son métier ». C'est Mme Loiseau qui dit tout haut ce que chacun pense tout bas. Cependant, la bienséance impose à tous d'user de la ruse, ils ne peuvent aborder le sujet de front.

Il s'agit donc d'étudier l'argumentation des convives qui se liguent contre leur cible.

1 - Relevez le champ lexical de la bataille.

2 - Relevez les différents temps de l'argumentation : quelles en sont les mises en condition ? Puis les différents moments importants ?

3 - En quoi les personnages adoptent-ils des postures théâtrales ?

4 - Décelez l'ironie du narrateur quant à l'usage des modèles historiques auxquels font appel les différents personnages.

5 - Comment se dessine dans ce passage une critique acerbe de la religion ? Vous expliquerez comment cette critique est menée par Maupassant en différents moments de l'extrait.

À LA LOUPE

Petit bréviaire des références évoquées dans le passage du « dîner stratégique » :

Judith et Holopherne (voir p. 84, l. 3-4) : L'histoire de Judith et Holopherne est un récit biblique. Judith était une belle veuve juive de Béthulie, Holopherne un général assyrien aux ordres du roi Nabuchodonosor, figure du tyran dans la Bible. Pour sauver sa patrie assiégée, Judith séduisit Holopherne, l'enivra et lui coupa la tête. Elle plaça la tête du général sur les remparts de la ville

et les Assyriens, devant ce spectacle, levèrent le siège et Béthulie fut délivrée.

Pour aller plus loin : recherchez sur Internet les tableaux représentant Judith décapitant Holopherne.

« Lucrèce avec Sextus » (voir p. 84, l. 4-5) : Lucrèce, héroïne romaine, fut violée par Sextus Tarquin. Se considérant déshonorée, Lucrèce, après avoir révélé ce crime à son mari et à son père, se poignarda. Le peuple se souleva en apprenant la nouvelle du viol, et on attribue ainsi à Lucrèce d'être à l'origine de la chute de la royauté – Sextus Tarquin était le fils du roi, Tarquin le Superbe – et l'établissement de la République romaine. Cependant, on ne peut considérer qu'un viol ait été un sacrifice consenti…

Pour aller plus loin : recherchez sur Internet le tableau Lucrèce *de Joos van Cleve.*

« Cléopâtre faisant passer par sa couche tous les généraux ennemis » (voir p. 84, l. 5-6) : Cléopâtre était reine d'Égypte de 69 à 30 av. J.-C. Elle séduisit César et Antoine. Ce dernier, fasciné par les amours de la reine et par la vie luxueuse qu'elle lui offrait, en oublia son devoir envers sa patrie, Rome. Octave (le futur empereur Auguste) vint attaquer la flotte égyptienne, Antoine se suicida et Cléopâtre, ayant échoué à séduire le nouvel arrivant, Octave, se tua elle aussi en se faisant mordre par un aspic.

Pour aller plus loin : recherchez sur Internet le tableau La Mort de Cléopâtre *de Reginald Arthur.*

Les **« citoyennes de Rome allaient endormir à Capoue Annibal »** (voir p. 84, l. 9-10) : En 216 av. J.-C., Hannibal, général carthaginois, après de nombreuses victoires sur l'armée romaine, fit halte à Capoue. La légende veut que son armée fût alors affaiblie par ce qu'il est coutume de nommer « les délices de Capoue », parmi lesquelles les femmes auraient tenu une bonne part. Quelle que soit la raison réelle, il se trouve que les Carthaginois furent en effet battus par les armées romaines après leur passage à Capoue.

« Elle trouvait tout simple le sacrifice d'Abraham » (voir p. 86, l. 19-20) : dans la Bible, il est raconté que le patriarche Abraham reçut de Dieu l'ordre de sacrifier son fils Isaac. Abraham pour témoigner de sa foi était sur le point d'exécuter son fils quand un ange apparut et arrêta son bras. Dieu fut clément devant l'obéissance de son sujet.

VERS LE COMMENTAIRE

La scène du festin (voir p. 89, l. 22-p. 93) :

1 - Pourquoi Cornudet se tient-il à l'écart de l'hilarité générale ?

2 - Quelles parties du corps sont mises en valeur dans cette scène ?

3 - Comment comprend-on ce qui est en train de se passer ?

4 - La scène qui pourrait être le moment charnière de la nouvelle, puisque Boule de Suif accepte enfin d'accéder aux désirs du Prussien, est en fait passée sous silence. Pourquoi selon vous Maupassant a-t-il choisi de présenter la scène par un procédé d'ellipse* ?

Vous proposerez ensuite l'introduction et le plan détaillé d'un commentaire composé à partir des réponses que vous aurez rédigées.

Repères

La notion d'**ellipse** peut recouvrir deux réalités dans un texte : soit elle désigne l'omission volontaire d'un ou de plusieurs mots, tout en proposant une phrase compréhensible ; soit elle désigne, comme ici, un moment du récit passé sous silence, ou abordé par l'intermédiaire du sous-entendu.

SUJET D'INVENTION

> Imaginez le discours qu'aurait pu tenir Cornudet si ce personnage avait été doté d'un peu de courage.

2. Sexualité et obscénité

On notera que la sexualité est rarement abordée directement, quoiqu'elle soit bien au centre de la nouvelle, elle en est une sorte de centre aveugle, comme cette scène érotique qui n'est en aucun cas décrite, si ce n'est de façon implicite par les rires joyeux des convives qui, bien entendu, n'y assistent pas. Les plaisanteries grivoises ne sont que rarement racontées par le narrateur qui se contente de mentionner que les personnages ne se gênent pas pour en proférer (« La conversation fut vive, enjouée, pleine de traits », voir p. 90, l. 11-12). Cependant, celles qui sont rapportées en toutes lettres témoignent d'une certaine violence : « Pourvu que nous la revoyions ; qu'il ne l'en fasse pas mourir, le misérable ! » (voir p. 91, l. 7-8), qui trahit la gravité de la situation et l'obscénité* de ces rires.

Les femmes elles aussi se permettent de dire un bon mot, elles qui dès le début étaient émoustillées par la présence de l'officier prussien (surtout la jeune Mme Carré-Lamadon). Ce sujet de conversation que la pudeur et la bienséance ne devraient pas permettre d'aborder est au centre des conversations. Les rires des hommes ne sont jamais que l'expression de leur

> ### À LA LOUPE
>
> L'**obscénité** est une caractéristique morale qui peut désigner précisément la mention de faits sexuels dans un contexte inapproprié, mais, par extension, elle désigne tout fait particulièrement choquant par son décalage : ici, l'obscénité n'est pas la plaisanterie grivoise, mais le fait qu'elle soit faite à propos d'une relation forcée.

propre libido, de leur plaisir à imaginer la scène, de se savoir les maîtres de la jeune Boule de Suif qu'ils ont offerte au Prussien, à l'instar de proxénètes. Le plaisir du rire, comme celui de la nourriture et celui de la sexualité, paraît trouver son centre dans ce « ventre » que M. Carré-Lamadon « se comprim[e] à deux mains » (voir p. 93, l. 8-9)

Boule de Suif se donnera donc au Prussien pour libérer ses compagnons, mais son sacrifice ne sera pas reconnu ; bien au contraire, elle inspirera du dégoût à ses compagnons qui l'ont poussée dans la gueule du loup. Maupassant dans cette nouvelle dénonce les hypocrisies et l'absence de compassion de toute une société. L'auteur, lui, éprouve une profonde pitié pour les victimes, que ce soient celles qui sacrifient leur vie au front, ou ces prostituées manipulées par les notables. La nouvelle s'ouvre ainsi sur une armée en « lambeaux » et se termine sur les

pleurs de l'héroïne, instaurant entre les deux situations un parallèle implicite qui donne au récit une tonalité pathétique.

VERS LE COMMENTAIRE

Étude de la scène finale

1 - En quoi le départ paraît-il d'abord envisagé de manière positive ?

2 - Comment est décrit le paysage ? Quelle école de peinture cette description vous rappelle-t-elle ?

3 - Comment peut-on nommer le comportement des membres de la diligence ?

4 - Quel est le point de vue adopté dans cette scène ?

5 - Quelle vision du monde se dégage de cet excipit* ?

Vous proposerez ensuite l'introduction et le plan détaillé d'un commentaire composé à partir des réponses que vous aurez rédigées.

GROUPEMENT DE TEXTES

La « confiscation » du corps des femmes

En quoi ces deux textes, l'extrait des *Misérables* de Victor Hugo et l'essai contemporain *King Kong Théorie* de Virginie Despentes, font-ils écho à une lecture possible de *Boule de Suif* ?

Texte 1 - Victor Hugo, *Les Misérables*

Dans Les Misérables *de Victor Hugo, l'histoire débute par la vie d'une jeune femme, Fantine, qui, tombée enceinte de son premier amour qui l'abandonne, est contrainte de se prostituer pour assurer à son enfant une existence décente chez les Thénardier, aubergistes cruels qui ont accepté de la prendre chez eux et la traitent en servante, ce dont sa mère n'a pas connaissance. Fantine parvient à peine à survivre et, pour payer les sommes exorbitantes que lui réclament les Thénardier, elle est dans un premier temps obligée de vendre sa magnifique chevelure. Dans le passage qui suit, elle en vient à vendre ses dents. Victor Hugo étend ensuite la dénonciation sociale que porte son roman à travers ce personnage pathétique, à la condition des femmes, et plus particulièrement des prostituées :*

— Vous avez de jolies dents, la fille qui riez là. Si vous voulez me vendre vos deux palettes, je vous donne de chaque un napoléon d'or.

— Qu'est-ce que c'est que ça, mes palettes? demanda Fantine.
— Les palettes, reprit le professeur dentiste, c'est les dents de devant, les deux d'en haut.
— Quelle horreur! s'écria Fantine.
— Deux napoléons! grommela une vieille édentée qui était là. Qu'en voilà une qui est heureuse! […]

Qu'est-ce que c'est que cette histoire de Fantine?
C'est la société achetant une esclave.
À qui? À la misère.
À la faim, au froid, à l'isolement, à l'abandon, au dénûment. Marché douloureux. Une âme pour un morceau de pain. La misère offre, la société accepte. La sainte loi de Jésus-Christ gouverne notre civilisation, mais elle ne la pénètre pas encore. On dit que l'esclavage a disparu de la civilisation européenne. C'est une erreur. Il existe toujours, mais il ne pèse plus que sur la femme, et il s'appelle prostitution.
Il pèse sur la femme, c'est-à-dire sur la grâce, sur la faiblesse, sur la beauté, sur la maternité. Ceci n'est pas une des moindres hontes de l'homme.
Au point de ce douloureux drame où nous sommes arrivés, il ne reste plus rien à Fantine de ce qu'elle a été autrefois. Elle est devenue marbre en devenant boue. Qui la touche a froid. Elle passe, elle vous subit et elle vous ignore; elle est la figure déshonorée et sévère. La vie et l'ordre social lui ont dit leur dernier mot. Il lui est arrivé tout ce qui lui arrivera. Elle a tout ressenti, tout supporté, tout éprouvé, tout souffert, tout perdu, tout pleuré. Elle est résignée de cette résignation qui ressemble à l'indifférence comme la mort ressemble au sommeil. Elle n'évite plus rien. Elle ne craint plus rien. Tombe sur elle

toute la nuée et passe sur elle tout l'océan! que lui importe! c'est une éponge imbibée.

Victor Hugo, *Les Misérables*, I, 5, chap. X et XI,
Le Livre de Poche, 2008, p. 271-275.

Texte 2 - Virginie Despentes, *King Kong Théorie*

[…] On entend aujourd'hui les hommes se lamenter de ce que l'émancipation féministe les dévirilise. Les hommes regrettent un état antérieur, quand leur force prenait racine dans l'oppression féminine. Ils oublient que cet avantage politique qui leur était donné a toujours eu un coût : les corps des femmes n'appartiennent aux hommes qu'en contrepartie du fait que les corps des hommes appartiennent à la production, en temps de paix, à l'État, en temps de guerre. La confiscation du corps des femmes se produit en même temps que la confiscation du corps des hommes. Il n'y a de gagnants dans cette affaire que quelques dirigeants.

Virginie Despentes, *King Kong Théorie*,
© Éditions Grasset & Fasquelle, 2006 ; Le Livre
de Poche, 2007, p. 27.

CHANSON

« Sous les jupes des filles »

Écoutez la chanson d'Alain Souchon « Sous les jupes des filles » (1993), issue de l'album *C'est déjà ça* : en quoi les paroles vous rappellent-elles une interprétation possible de la nouvelle de Maupassant ?

IV. LE CORPS DE LA FEMME DE *BOULE DE SUIF* À AUJOURD'HUI

La femme, dans la nouvelle de Maupassant, est un être à consommer, ou un être que consume une foi catholique hypocrite. La diligence fait se rencontrer la bonne sœur et la prostituée, deux figures féminines qui permettent à Maupassant de dresser une critique sociale acerbe. Mais les représentations sociales de la femme, si elles ont évolué, restent problématiques encore aujourd'hui.

1. Deux synthèses, deux pistes de lecture

Au terme de notre lecture, nous pouvons opposer deux types de condamnations implicitement portées par Maupassant : celle d'une société qui considère la prostituée comme un simple corps, voire comme un objet, et celle d'une religion qui n'est qu'hypocrisie et que représentent dans la nouvelle les deux bonnes sœurs, plus coupables encore que les autres personnages des actes perpétrés, puisque la référence religieuse a joué un rôle important dans le sacrifice de la jeune femme.

La consommation de Boule de Suif

Boule de Suif est le récit d'un compromis de guerre : le corps de la prostituée est l'enjeu de la tension entre le groupe de Français et l'officier prussien, représentant de l'armée ennemie. Les membres du petit comité

de Normands en fuite vont, à la manière des chefs de guerre, jouer de finesse stratégique pour convaincre Boule de Suif de se sacrifier à leur cause, cause qui n'est en aucun cas la défense nationale, mais l'intérêt égoïste de quelques lâches.

Or si nous revenons sur la première description du personnage éponyme, nous pouvons constater que c'est tout au long de la nouvelle que Boule de Suif est considérée comme un corps appétissant, qui peut par conséquent se monnayer. C'est le cas lorsqu'elle apparaît en peignoir devant Cornudet, qui s'empresse de lui faire des avances, qu'elle repousse, choquée qu'il ose avoir des pensées érotiques malgré la présence d'un officier prussien dans l'auberge. Mais dans la suite du texte, on verra que ce qui a véritablement raison de la résistance de la prostituée face aux désirs de cet officier, c'est le discours du comte, lequel lui présente son sacrifice comme un acte de courage qui ne choque pas la morale et souligne au contraire la chance du soldat prussien qui « pourrait se vanter d'avoir *goûté* d'une jolie fille comme il n'en trouvera pas beaucoup dans son pays » (voir p. 89, l. 15-17, c'est nous qui soulignons). Boule de Suif doit donc accepter de se faire consommer.

Et cette consommation fait écho à la première et à la seconde scène dans la diligence : c'est en effet elle aussi qui est la seule à avoir pensé à apporter des provisions pour le voyage, provisions qu'elle a rangées

dans un panier dissimulé… « sous ses jupons ». Ses jupons cachent donc le festin, qu'il soit gustatif ou érotique, dès le début de la nouvelle. Ce qui se passe sous ses jupons est la clé du plaisir, et même de la simple survie pour ses compagnons de voyage : la jeune comtesse s'évanouit de faim, c'est Boule de Suif qui la ranime en lui offrant de partager son repas, comme elle le propose ensuite à tous les autres. Et quand ils se retrouvent prisonniers de l'officier, c'est de nouveau Boule de Suif qui les sauve en soulevant ses jupons pour le bon plaisir du Prussien et pour le salut de ses compagnons de fortune.

Mais ceux-ci ne lui en sont aucun gré. Et il est intéressant de confronter la scène du panier-repas à la scène finale dans laquelle est précisé que tout le monde « se tenait loin d'elle comme si elle eût apporté une infection dans ses jupes » (voir p. 94, l. 24-25). Ces jupes qui cachaient les trésors d'un déjeuner convivial sont alors suspectées de pouvoir propager une maladie, sans doute une maladie vénérienne que la prostituée aurait pu contracter au cours de sa relation forcée avec l'officier prussien.

En réalité, cette réification de la prostituée se lit dans le choix de son nom même. Son état civil n'apparaît que lorsqu'elle est appelée par le Prussien (Élisabeth Rousset), sinon elle n'est désignée que sous le surnom que lui ont donné les bourgeois de Rouen.

La jeune femme est donc un animal perçu comme un bout de viande à consommer ou à troquer contre un autre bien, ici l'autorisation pour les Rouennais de continuer leur route.

Le corps et la religion : le prisme d'une critique

Les religieuses paraissent discrètes dans la nouvelle, donnant rarement leur avis. Elles se retirent de la société des personnages, semble-t-il, comme elles se retirent de celle des hommes. Pourtant, chacune des mentions les concernant contribue à tracer un tableau grinçant de la religion.

La première description de leur apparence lie inextricablement leur personne à la présence d'une mort violente : « L'une était vieille avec une face défoncée par la petite vérole, comme si elle eût reçu à bout portant une bordée de mitraille en pleine figure. L'autre, très chétive, avait une tête jolie et maladive sur une poitrine de phtisique rongée par cette foi dévorante qui fait les martyrs et les illuminés » (voir p. 45, l. 9-14).

Les deux femmes paraissent être le miroir inversé l'une de l'autre : l'une vieille, l'autre jeune, l'une laide, l'autre jolie, et toutes deux cependant rongées par une maladie (la petite vérole et la phtisie, laquelle était la première cause de mortalité en France à l'époque de Maupassant). Dans les deux cas, pour

ce portrait constitué en diptyque, les symptômes de la maladie sont explicitement liés par la comparaison à des éléments de leur vie : la guerre pour la première, dont le visage est un champ de bataille ; la foi, pour la seconde, qui devient comme le microbe responsable de sa maladie. L'ironie de Maupassant se lit dans ces comparaisons, mais aussi dans la violence des termes employés. La première nonne est notamment affublée d'« une face défoncée », ces deux termes étant à la fois familiers, très négativement connotés (la face se dit pour les animaux, non pour les hommes) et se répondant par le biais de l'allitération en [f] qui accentue leur caractère déplacé. La seconde est comparée, en une association audacieuse, aux « martyrs » et aux « illuminés », établissant ainsi une correspondance entre ces deux types de personnes.

Cette critique sera approfondie tout au long de la nouvelle de Maupassant. Les bonnes sœurs sont ainsi les premières à obéir à l'officier prussien « avec une docilité de saintes filles habituées à toutes les soumissions » (voir p. 60, l. 8-9). Elles vont en effet œuvrer à une collaboration active avec l'occupant malgré leur soutien patriotique aux troupes françaises : elles ne réagissent pas quand tout le monde est choqué des exigences du Prussien envers Boule de Suif ; elles apportent ensuite leur appui à la campagne menée par les convives pour convaincre Boule de Suif d'accepter finalement ces exigences, « soit par une de

ces ententes tacites, de ces complaisances voilées, où excelle quiconque porte un habit ecclésiastique, soit simplement par l'effet d'une inintelligence heureuse, d'une secourable bêtise » (voir p. 86, l. 9-13). Les religieuses sont donc accusées soit de collaboration, soit de bêtise, et plutôt des deux ! En effet, l'utilisation du présent dans le premier temps de l'hypothèse laisse entendre que tout représentant de la religion est un collaborateur en puissance. Que cette sœur soit, en plus, éventuellement, idiote, n'enlève rien à l'apparente vérité de la première hypothèse. Et ce personnage qui n'avait pas de nom, mais seulement une fonction sociale, en acquiert un, ironique, pendant son récit des campagnes militaires au cours desquelles elle a soigné les blessés : « sœur Ran-Tan-Plan », ce surnom rappelant le roulement du tambour. La religion n'est plus associée à la paix, mais bien aux sonorités de la guerre.

Et les sœurs acceptent de tremper leurs lèvres dans le champagne pour fêter la victoire contre la pauvre prostituée qui se livre à l'ennemi après avoir entendu les arguments de la religion.

Enfin, dans la diligence, elles paraissent faire, selon le narrateur, une « course d'*oremus* », c'est-à-dire que leur prière n'est jamais qu'une occasion de compétition. Mais que pourrait-elle être d'autre alors qu'elles ont activement contribué au sacrifice de la jeune femme ? De plus, elles ont comme les autres

préparé un déjeuner, et n'en proposent à aucun moment, même par charité chrétienne, à la jeune femme qui les a nourries lors du précédent voyage et qu'elles ont convaincue de se sacrifier. Et leur nourriture n'est en aucun cas un mets d'ascète, puisqu'il s'agit de « saucisson à l'ail ». L'aspect prosaïque et populaire de cette nourriture, ainsi que l'odeur qui lui est attachée donne un dernier trait burlesque* à ces deux personnages qui peuvent sembler secondaires, mais qui en réalité concentrent une critique acerbe de la religion.

> ## Repères
>
> Le **burlesque** est un type de comique qui consiste à associer à un personnage ou une situation de rang élevé un langage ou un comportement bas, populaire, voire grossier. Ici, les bonnes sœurs appellent l'idée de spiritualité, de frugalité, alors que le « saucisson à l'ail » est une nourriture populaire, grasse et odorante.

2. Le corps et sa représentation

Comme nous l'avons vu dans la présentation, le corps a une grande place dans les récits naturalistes et réalistes, puisqu'il participe du projet de

représentation du réel : le corps, dans la littérature, est désigné comme le siège d'émotions contradictoires et révélatrices. Cependant, nous pouvons également élargir cette approche et aborder la question de l'importance du corps de la femme dans la société à travers l'évolution de ses représentations par les artistes, et plus spécifiquement par les peintres.

Le nu dans l'art

Certes, le nu féminin – et plus généralement le portrait de la femme – n'est pas une invention du XIXe siècle. La première représentation de femme nue grandeur nature serait la statue que Praxitèle aurait exécutée en prenant sa maîtresse, Phryné, pour modèle, vers 350 av. J.-C. L'un et l'autre auraient été pardonnés par les magistrats qui les accusaient d'impiété, car, au moment du jugement, l'avocat aurait déshabillé Phryné : la splendeur de ce corps nu aurait été jugée si extraordinaire qu'il parut impossible de mettre à mort une beauté si proche de la divinité ! Cependant, les peintres ont ensuite dû avoir recours à des références mythologiques ou bibliques pour peindre des femmes nues, quand bien même il était de notoriété publique que sous les traits d'une nymphe, ils faisaient le portrait de leur maîtresse, ce qui fut particulièrement perçu, par exemple, dans le cas du tableau intitulé *Bethsabée au bain* de Rembrandt.

Le tableau de Rembrandt – achevé en 1654 et conservé au musée du Louvre – représente le personnage biblique de Bethsabée qui se fait laver les pieds par une servante. Bethsabée, mariée au soldat Urie, a été contrainte par le roi David à devenir sa maîtresse. Jaloux de son mari, le roi a décidé de l'envoyer en première ligne des combats. La lettre que tient Bethsabée dans sa main lui annonce cette nouvelle, ce qui explique son air mélancolique. Une autre interprétation voudrait que la lettre soit la première déclaration de David qui, ayant aperçu Bethsabée au bain, lui intime l'ordre de venir le trouver dans son palais. Bethsabée ne saurait alors comment répondre à cette injonction et peut-être son visage refléterait-il sa triste appréhension.

Le tableau a fait scandale, car il n'était jusqu'alors admis de représenter une femme nue que dans un cadre explicitement mythologique. Rembrandt respecte certes cette contrainte, mais tout le monde peut reconnaître son modèle : il s'agit de sa maîtresse, Hendrickje Stoffels, qui est alors enceinte, et dont il a souvent fait le portrait. C'était sa servante jusqu'à la mort de sa femme. Une fois veuf, il s'est mis en ménage avec cette jeune femme du peuple et eut des enfants avec elle, ce que la famille de sa défunte épouse ne put accepter.

Prolongements : histoire des arts

Étude d'un tableau : Rembrandt, *Bethsabée au bain*, 1654 (voir verso de la couverture, Figure 1)

Représenter la femme aimée, dans les détails charnels de sa nudité (notez la précision des formes, des lignes, des plis du corps, que ce soient ceux de l'embonpoint de la grossesse ou ceux des aisselles…) est un acte de courage et une véritable révolution esthétique. Pour analyser un tableau, il est toujours intéressant de tracer mentalement une croix reliant les angles opposés, afin de déterminer ce qui est au centre de la toile : ici, c'est la lettre de David, objet dramatique, qui est au cœur de la vie de Bethsabée, puisqu'elle désigne un moment charnière qui ne pourra déboucher que sur la mort de son époux.

On remarquera par ailleurs que le corps est mis en valeur dans sa pâleur même, qui contraste avec l'ocre des étoffes en arrière-plan et le clair-obscur pourpre qui entoure la servante. Mais ce corps n'est pas non plus d'une blancheur de statue, il est bel et bien *incarné* : la couleur de la chair contraste en effet avec le drap blanc sur lequel est assise Bethsabée – le vêtement antique qui couvrait pudiquement le corps des héroïnes mythologiques dans les représentations picturales a été remplacé ici par un simple objet du quotidien. Le drapé, avec ses jeux d'ombres et la grâce de sa fluidité, est

> donc présent également chez Rembrandt, mais c'est comme s'il n'était là que pour souligner que la femme s'en était dévêtue. Elle y pose la main, comme pour affirmer sa nudité.
>
> Cette œuvre est particulièrement remarquable, par la luminosité même de ce corps de femme enceinte qui ne cède en rien à l'idéalisation et qui contraste avec la mélancolie du visage de celle qui sait qu'elle ne pourra lutter contre son destin.

Une autre révolution advient dans les années 1860, par l'intermédiaire de deux tableaux qui font scandale et enthousiasment les artistes, il s'agit de deux œuvres d'Édouard Manet : *Olympia* et *Le Déjeuner sur l'herbe* (**voir verso de la couverture, Figure 2**). Dans les deux cas, une femme dénudée, installée dans un décor contemporain de celui du peintre, dans lequel toute référence mythologique est donc exclue, est au centre de la toile et regarde avec une certaine effronterie le spectateur, consciente de livrer sa nudité au tout-venant. Ce bouleversement esthétique est à l'image d'un bouleversement des mœurs. Même si les tableaux font scandale, ils enchantent une partie de l'opinion. Le corps féminin est au centre de toutes les attentions : d'un côté, pour le déshabiller – les tableaux de nus se multiplient –; de l'autre, pour l'habiller avec grâce, le XIX[e] voyant l'essor de la mode des

toilettes féminines, et des grands magasins comme celui que dépeint Zola dans *Au Bonheur des Dames*.

Pour aller plus loin : recherchez sur Internet le tableau Olympia *d'Édouard Manet (1863).*

Le corps de la femme : entre séduction et superstition

Parallèlement à cette centralité picturale du corps nu et provocant ou du corps habillé de ces femmes en toilette qui font voler leurs froufrous dans les bals populaires ou mondains se développe l'importance du corps féminin dans les récits réalistes et naturalistes. La toilette dit beaucoup de la femme, le corps est magnifié et le pouvoir érotique des personnages féminins est bien souvent l'un des nœuds de l'intrigue. Que ce soit celui du corps gracieux et presque adolescent de Denise dans *Au Bonheur des Dames*, de la « grasse et blanche » Nana, de l'Emma Bovary de Flaubert, magnifiée le soir du bal et implicitement comparée à un animal lors des comices agricoles, nous pourrions dire, pour plagier Zola dans ses *Carnets* que ces personnages « font tourner la société comme les femmes qui ont leurs règles font tourner le lait, rien qu'en s'approchant » (*Journal de travail de Zola sur* Nana). Cette image du lait qui tourne à l'approche d'une femme qui a ses règles est une preuve en soi de la puissance de l'imaginaire lié au corps de

la femme. Sa fertilité même est interprétée comme un signe de sorcellerie ! Et bien entendu, Zola ne fait ici que retranscrire une superstition considérée comme un fait objectif au XIXe siècle.

Boule de Suif est de ces femmes-là, dont le corps est à la fois objet de convoitise, de dédain, de pouvoir. Elle ne peut être maîtresse des enjeux érotiques et politiques qu'il suscite. Le corps de la prostituée est le nœud dramatique de la nouvelle, car il est *le* corps dans toute sa splendeur, dans toute son affirmation de vie, dans un moment historique où les hommes sont décimés à la guerre et où tous ceux restés à l'arrière ressentent une certaine culpabilité face aux plaisirs charnels.

3. Les canons féminins de *Boule de Suif* à nos jours

Les interprètes de Boule de Suif

Le choix des comédiennes qui ont interprété Boule de Suif au théâtre ou au cinéma est révélateur. Il est assez étonnant, par exemple, de constater que dans le film de Christian-Jaque datant de 1945, c'est une vedette de l'époque, Micheline Presle, toujours en vie, qui a été choisie pour incarner la prostituée rondelette : Micheline Presle est alors considérée comme l'une des plus belles actrices de cinéma, son corps n'est en aucun cas celui que nous pourrions

imaginer pour le personnage, elle a une beauté plantureuse qui correspond parfaitement aux canons* de l'époque. Plus récemment, c'est Marilou Berry qui a interprété en 2011 le rôle-titre dans une adaptation télévisée de France 2 de la nouvelle de Maupassant.

Une autre adaptation nous paraît particulièrement intéressante : celle de John Ford qui, en 1939, a transformé *Boule de Suif* en… western ! Il s'agit de *La Chevauchée fantastique,* avec John Wayne. Une diligence emporte en Arizona neuf personnes qui essaient d'échapper à l'attaque des Indiens. Parmi eux se trouve la belle Dallas. Claire Trevor, blonde et elle aussi plantureuse, mais tout autant que les stars hollywoodiennes de l'époque, interprète cette prostituée rejetée par tout le monde, contrainte de fuir la ville.

Repères

Canon (selon le *Robert*, dictionnaire de la langue française) :
– Norme, règle.
– Arts. Ensemble de règles fixes servant de module pour déterminer les proportions des statues, conformément à un idéal de beauté.

Les canons et les transgressions de la représentation

Les canons de la beauté varient selon les époques et les lieux et ne témoignent donc ni de critères esthétiques absolus, ni de la subjectivité de chacun, mais bien plutôt de normes, intériorisées par la plupart.

Par exemple, sous l'Ancien Régime, l'un des canons de la beauté, pour les femmes, était d'avoir le teint le plus pâle possible. Les femmes recouvraient donc leur visage, mais aussi toutes les parties dénudées de leur corps (les bras, la gorge), de fards et de poudre de riz. Elles ajoutaient ce que l'on appelait « des mouches », c'est-à-dire de faux grains de beauté, généralement en tissu, qui, placés sur le visage ou sur la poitrine, étaient censés mettre en valeur la blancheur de la peau.

Aujourd'hui, c'est plutôt le contraire qui est valorisé : le teint hâlé, que les femmes recherchent en essayant de profiter du moindre rayon de soleil, mais aussi en utilisant du fard, des produits « autobronzants » et en ayant recours aux U.V. En outre, le souci du teint est désormais partagé par les hommes, qui fréquentent aussi les cabines à U.V.

Mais c'est surtout dans les proportions du corps que les canons ont changé (**voir verso de la couverture, Figures 3 et 4**).

La représentation du corps de la femme en peinture ou en sculpture a également beaucoup évolué. Elle était dans un premier temps fortement idéalisée,

comme elle peut l'être aujourd'hui dans les publicités, par le choix de mannequins très minces, mais aussi par l'intervention de logiciels comme *Photoshop* qui corrigent les moindres défauts des modèles, allonge les jambes, gomme les rides…

Prenons deux exemples. La sculpture d'Auguste Clésinger a ainsi fait scandale en 1847, car elle était trop ressemblante : la chair de la *Femme piquée par un serpent* paraissant vivante.

Théophile Gautier a été fasciné par cette sculpture : « Elle n'est pas de marbre, elle est de chair ; elle n'est pas sculptée, elle vit : elle se tord. Et n'est-ce pas une illusion ? Elle a remué ! » (article de Th. Gautier, paru dans *La Presse*, 10 avril 1847).

Et les spectateurs n'avaient pas tort : si l'œuvre était aussi proche de la réalité, c'est qu'elle avait été obtenue par moulage. Clésinger a moulé le corps de Mme Sabatier, l'une des maîtresses de Baudelaire. Il rompt ainsi avec la tradition de la représentation idéalisée, pour laquelle l'artiste garde une distance physique et réelle avec son modèle. Clésinger fait son œuvre à même le modèle.

Otto Dix est un peintre allemand qui fut soldat au front pendant la Première Guerre mondiale. Cette expérience influença grandement son œuvre, qui témoigne de l'horreur, des bombardements, de l'impossible retour des jeunes soldats handicapés pour le restant de leur vie. Ses tableaux montrent sans pathos

l'atrocité d'un après-guerre qui ne peut se remettre de l'hécatombe que fut « la der des ders ». Le corps de la femme n'échappe pas à l'acuité de son regard sans complaisance.

> *Pour aller plus loin :* recherchez sur Internet le tableau **Nu à mi-corps** *d'Otto Dix et la sculpture* **Femme piquée par un serpent**, *d'Auguste Clésinger.*

ARGUMENTATION

L'évolution de la représentation de la femme

En fonction des époques, commentez ces différentes représentations de la femme. Écrivez une argumentation construite sur l'évolution de cette représentation.

VERS LES SCIENCES DE LA VIE ET DE LA TERRE

Féminité et nourriture

En lien avec le cours de sciences de la vie et de la terre, réfléchir à l'idée du lien que la société semble tisser entre féminité et nourriture :

– Connaissez-vous beaucoup de représentations d'une femme en train de manger ? Et d'hommes

en train de manger (*La Grande Bouffe* de Marco Ferreri…) ? Pourquoi ne voit-on que rarement une femme manger ? Quels codes sociaux sont attachés à la nourriture ?

– Qu'est-ce qu'un corps en bonne santé ?

– Qu'est-ce que le surpoids ?

Aparté contemporain : la représentation de la femme dans les jeux vidéo

Il est intéressant de s'interroger sur les représentations des femmes dans les jeux vidéo. Elles sont le plus souvent habillées en robe ou en jupe fendues. Les vêtements sont sexy et résolument féminins, les habits unisexes n'ont pas droit de cité dans le monde virtuel. Les corps des femmes sont toujours mis en valeur. Pour citer quelques exemples, la première héroïne de jeu vidéo était Lara Croft, véhiculant une image de femme aux formes généreuses moulées dans des habits de guerre. Dans la série *Bloody Roar*, plus récente, les personnages ont la faculté de se transformer en animaux. Or quelle est la répartition de ces animaux ? Les garçons peuvent se transformer en tigres, ou plus largement en prédateurs. Les filles, elles, en lapins roses, comme dans les journaux de charme.

Pour aller plus loin : recherchez sur Internet des représentations féminines dans **Lara Croft** *et dans d'autres jeux contemporains.*

Mais le plus grave était encore à venir : le jeu au plus grand succès mondial, *GTA (Grand Theft Auto)*, dans sa dernière version, donne l'occasion au personnage, entre autres actes barbares, de s'adonner au viol de prostituées. Le joueur mène son « héros » virtuel jusqu'à une voiture qu'il voit ensuite se gondoler pour signifier que celui-ci exécute bel et bien l'acte criminel. Nous pouvons retrouver l'idée présente dans *Boule de Suif* d'un viol qui paraît « consenti » tant sa violence a été atténuée par l'argumentation « civilisée » des Français.

Cette partie du jeu est passée presque inaperçue, excepté en Australie où une association de prostituées a réussi à le faire interdire. La mise à disposition du corps de la femme dans le monde réel comme dans ses représentations culturelles – du roman aux jeux vidéo – reste donc une question d'une grande actualité.

DOCUMENTATION

BIBLIOGRAPHIE INDICATIVE

Quelques livres de Maupassant

Les romans : *Une vie* (1883) ; *Bel-Ami* (1885) ; *Pierre et Jean* (1887) ; *Notre cœur* (1890).

Les recueils de nouvelles : *La Maison Tellier* (1881) ; *Les Contes de la bécasse* (1883) ; *Toine* (1885) ; *Le Horla* (1887).

Sur le réalisme et le naturalisme

Becker Colette, *Lire le réalisme et le naturalisme*, Paris, Nathan, 2000.

Pagès Alain, *Le Naturalisme*, Paris, P.U.F, 2001.

Sur la nouvelle *Boule de Suif* : Goyet Florence, *La Nouvelle, 1870-1925*, Paris, P.U.F., coll. « Écriture », 1993.

Sur le corps de la femme au XIX[e] siècle

Matheron Carole, *Le Sacrifice de la beauté*, Paris, Presses de la Sorbonne Nouvelle, 2000.

Perrot Philippe, *Le Corps féminin*, XVI[e]-XIX[e] siècle, Paris, Points Histoire, 1991.

Autres livres à consulter

Voir les œuvres proposées au cours du Dossier ; notamment Virginie Despentes, *King Kong Théorie*, Paris, Grasset, 2006 ; Le Livre de Poche, 2007.

ADAPTATIONS

Boule de Suif, film de Christian-Jaque, avec Micheline Presle, 1945.

La Chevauchée fantastique, film de John Ford avec Claire Trevor et John Wayne, 1939.

Chez Maupassant : *Boule de Suif*, téléfilm de Philippe Bérenger avec Marilou Berry, 2011.

La nouvelle de Maupassant a été adaptée en version théâtrale par Oscar Méténier, le texte a été publié en 1903, mais il fut représenté pour la première fois en 1902. Elle a également donné lieu à des réécritures, comme la pièce contemporaine *On ne joue pas Boule de Suif* écrit par Olivier Colleau, 2002.

ICONOGRAPHIE

Voir les œuvres proposées au cours du Dossier : *Judith décapitant Holopherne* (vers 1598) du Caravage ; *Lucrèce* (vers 1525) de Joos van Cleve et *La Mort de Cléopâtre* (1892) de Reginald Arthur ; celles de Manet *Olympia* (1863) et *Le Déjeuner sur l'herbe* (1863), mais aussi *Nana*, tableau de 1877.

Par ailleurs, voir Rubens, par exemple *La Vénus au miroir* (1614-1615) ; et de la même époque, une femme peignant une femme, *Danaé* (1612) de Artemisia Gentileschi, peintre de l'école du Caravage.

Au XXe siècle, observez *Les Grandes Baigneuses* de Cézanne (1906), *Les Demoiselles d'Avignon* de Picasso (1907).

Il est intéressant d'étudier également les portraits de femmes (éventuellement de nus) d'Egon Schiele ou ceux, fort cruels, d'Otto Dix et de Lucian Freud.

SITOGRAPHIE

Deux sites sont dédiés exclusivement à Maupassant et à son œuvre :
maupassant.free.fr
maupassantiana.fr

Le Livre de Poche s'engage pour l'environnement en réduisant l'empreinte carbone de ses livres. Celle de cet exemplaire est de : 300 g éq. CO₂
Rendez-vous sur
www.livredepoche-durable.fr

PAPIER À BASE DE FIBRES CERTIFIÉES

Composition réalisée par Belle Page

Achevé d'imprimer en juillet 2015, en France sur Presse Offset par
Maury Imprimeur – 45330 Malesherbes
N° d'imprimeur : 199087
Dépôt légal 1ʳᵉ publication : août 2015
LIBRAIRIE GÉNÉRALE FRANÇAISE – 31, rue de Fleurus – 75278 Paris Cedex 06

58/0014/2